CW01185756

CHIARA CARMINATI
FUORI FUOCO

BOMPIANI

© 2017 Giunti Editore S.p.a / Bompiani
Via Bolognese 165 - 50139 Firenze - Italia
Piazza Virgilio 4 - 20123 Milano - Italia

Realizzazione editoriale e progetto grafico
Seiz - Studio editoriale Ileana Zagaglia
Zungdesign - Marco Zung

ISBN 978-88-452-7259-2

Prima edizione Bompiani: settembre 2014
Prima edizione Giunti Editore S.p.A.: marzo 2017
Terza edizione Giunti Editore S.p.A.: febbraio 2019

Bompiani è un marchio di proprietà di Giunti Editore S.p.A.

Parte prima

1914, dall'Austria a Martignacco

Quando è scoppiata la guerra, eravamo tutti contenti.

Mio fratello Antonio perché sognava di arruolarsi soldato. Da mesi diceva che era stufo di lavorare lungo la ferrovia austriaca insieme a papà. Francesco, l'altro mio fratello, era contento perché è uno che si entusiasma per tutto. Quanto a me, non vedevo l'ora di tornare in Italia.

Ovviamente nessuno dei tre immaginava cosa sarebbe successo davvero.

Non l'abbiamo saputo subito. L'Austria ha dichiarato guerra alla Serbia il 28 luglio 1914, ma a casa nostra la notizia ha fatto effetto un mese dopo. Se non fosse stato per i padroni, avremmo potuto non accorgercene. Eravamo in Austria, ma la Serbia era lontana e anche la guerra lo era.

In qualche modo, invece, quella sera la guerra è arrivata da noi.

"Mi hanno chiamato i padroni," ha detto mio papà, sedendosi a cena. "Ce ne dobbiamo andare."

La mamma si è irrigidita. Poi si è afflosciata su una sedia.

"Dove?" ha chiesto. Credo che sapesse già la risposta.

"In Italia. Ci rimandano indietro. C'è la guerra. Non vogliono più italiani qui."

È stato in quel momento che Antonio è scattato in piedi:

"Io ci vado."

"Dove?" ha chiesto la mamma di nuovo. Improvvisamente sembrava che non sapesse dire altro.

"Nell'esercito. Mi arruolo con gli austriaci."

"Ma va', musicante!" ha ribattuto papà, rimettendolo a sedere con uno spintone. Lo chiamava musicante perché Antonio aveva imparato a suonare la fisarmonica. Poteva essere una cosa bella, ma detto così sembrava un insulto. "Ti ho appena detto che non vogliono più vedere italiani. Figurati, nell'esercito! Se ti presenti, ti prendono per una spia e fai la fine del topo, a marcire in prigione."

"Quando si parte?" ha chiesto Francesco, che nel frattempo aveva già finito il suo piatto di zuppa. Papà l'ha fulminato con lo sguardo, ma non ha risposto. Papà ha sempre avuto un debole per Francesco.

Io ho sentito un tuffo al cuore al pensiero di tornare a casa e di rivedere Mafalda, la nostra sorella più piccola, che in tutto quel tempo era rimasta con una vicina. Chissà quanto era cresciuta, forse non l'avrei neanche riconosciuta. Però me ne sono stata zitta finché il papà e i fratelli si sono alzati da tavola e sono rimasta sola con la mamma. Allora non ce l'ho fatta più.

"Si torna a casa, mamma? A Martignacco?"

"Sì, Jole," ha sorriso appena appena. Anche lei era contenta di tornare da Mafalda, per forza. Ma aveva addosso una tristezza più grande. Mi ha accarezzato la testa e mi ha guardato a lungo negli occhi. Poi ha detto:

"La guerra, Jole, la fanno gli uomini. Ma la perdono le donne."

Per cominciare, abbiamo perso il lavoro. Tutti, uomini e donne.

Qualche giorno dopo infatti Herr Hoffenbach, il padrone della filanda dove lavoravamo io e la mamma, ci ha fatte chiamare insieme alle altre operaie italiane. Eravamo una decina. Il padrone ci ha detto che gli dispiaceva molto. Che non dipendeva da lui. Anzi, che se fosse stato per lui ci avrebbe dato il lavoro per altri quarant'anni, perché non aveva mai avuto delle operaie brave come noi. Però, ha detto, c'erano disposizioni di sicurezza, a causa della guerra. Ha detto che era per il nostro bene.

Il signor Hoffenbach è andato avanti un bel pezzo con questo discorso. Era sincero, si vedeva: gli dispiaceva davvero che andassimo via. Io non capivo. Non parlo della lingua: ero in Austria da quando avevo finito la scuola elementare, quindi da più di tre anni. Il tedesco ormai lo sapevo, capivo benissimo le sue parole. Era il senso del discorso che mi sfuggiva. Se Herr Hoffenbach era contento di noi, chi voleva mandarci via? Herr Hoffenbach diceva che rientrando in Italia saremmo state più al sicuro.

Che poi lui parlava di rientrare in Italia, ma per noi era un'altra cosa. Noi rientravamo in Friuli. L'Italia era un'altra cosa.

Fuori fuoco 1
Emigranti friulani in Austria, agosto 1914

La foto riprende un gruppo di uomini in abiti da lavoro. La maggior parte in piedi, con le spalle appoggiate a una catasta di rotaie. I più giovani, poco più che bambini, sono seduti su un mucchio di traversine di legno. Alle loro spalle un terrapieno, sul quale si intravedono i binari di una ferrovia in costruzione e diversi attrezzi da lavoro disseminati qua e là. Qualcuno ha in mano un bicchiere, qualcun altro alza verso l'obiettivo un sorriso e un fiasco di vino. Sulla destra, fuori fuoco: una figura femminile, probabilmente una ragazza, vestita con una gonna lunga, il fazzoletto in testa e al braccio un cesto di vimini con cui sta portando il pranzo ai lavoratori.

Siamo arrivati a Martignacco in un giorno di vento. Gli uomini sono rimasti in piazza, all'osteria di Sante, mentre io e la mamma siamo andate subito da Assunta, la nostra vicina. L'aria profumava di fieno falciato, un odore che pizzicava le narici e sapeva di casa, come se il vento agitasse una bandiera apposta per accoglierci. Mafalda ci aspettava sulla porta. Con la sua aria da sentinella, i capelli strapazzati dal vento e in mano la cavezza di Modestine, la nostra asina. La mamma ha sorriso.

"Tua sorella è una radice in movimento," ha mormorato, giusto un attimo prima che Mafalda si precipitasse verso di noi, trascinando con sé anche l'asina al galoppo.

"Mamma! Jole! Siete arrivate in tempo!"

Si è buttata tra le nostre braccia insieme al muso di Modestine.

"In tempo per cosa, bambina mia?" ha chiesto la mamma baciandola, mentre io ridevo per il solletico che Modestine mi faceva mordicchiando il mio grembiule.

"Per la gatta! Deve fare i gattini. Ma non comincerà a partorire finché Jole non le mette le mani sulla pancia!"

Era cresciuta, sì. Ma era sempre la mia Mafalda.

A Martignacco era rimasto tutto uguale, e tutto era cambiato. Sembrava che ci fosse una festa.
Eravamo tornati in tanti, chi dall'Austria, chi dalla Germania, e pesavamo sul paese come un carico di frutta matura. Nessuno se lo aspettava, che saremmo tornati a casa in piena stagione. Il paese non era pronto. Non era certo una cosa per cui stare allegri, tutta quella gente di colpo senza lavoro, ma era talmente bello rivedersi che sembravano giorni di sagra.
C'era il parroco, don Andrea, che si affannava come un'ape da una famiglia all'altra, chiedendo notizie e prendendo nota di chi era tornato o di chi stava per arrivare. Quando è passato da noi e ci ha trovati intorno al tavolo a mangiare polenta e latte, si è seduto di botto sulla panca e ha esclamato:
"Santa Esuberanza! Se tornano anche quelli della ferrovia, allora è un affar serio!"
Si è asciugato il sudore e si è messo a scrivere i nostri nomi sul suo taccuino, continuando a parlare con l'uno e con l'altro in tono scherzoso.

Questo don Andrea era una buona lana. La sua faccia sembrava una patata rosa quando si apre la buccia nell'acqua calda: era sempre sorridente. Ti metteva voglia di ridere anche se non diceva niente di buffo. Riusciva a far sorridere perfino papà. Mentre scriveva ci guardava a uno a uno, commentando quanto eravamo cresciuti nel frattempo.

"Caro Domenico, tu pensavi di nascondere in Austria le tue pecorelle bionde, eh! Invece eccole tornate all'ovile... e ora devi sperare che non se ne accorgano i lupi!"

Ha detto questo parlando con papà, ma guardava proprio me, e io mi sono sentita avvampare per l'imbarazzo. Ho nascosto rapida i capelli sotto il fazzoletto e mi sono chinata sotto la panca come per cercare una cosa caduta. C'era un secchio vuoto. Ho borbottato qualcosa sull'acqua per lavare i piatti e sono uscita di corsa verso la fontana.

Sia io che la mamma abbiamo i capelli chiarissimi, quasi bianchi: io me ne sono sempre un po' vergognata perché a Martignacco non c'era nessun altro con i capelli di quel colore biondo strano. Da piccola, a scuola gli altri bambini mi prendevano in giro: mi chiamavano *pajute*, come la paglia scolorita dal sole. Era da un po' che non ci pensavo, perché in Austria non era una cosa tanto strana essere biondi. Neanche a farlo apposta, proprio in quel momento qualcun altro ha pensato di ricordarmelo:

"Pajute? Sei tornata anche tu?"

Ho alzato gli occhi dall'acqua della fontana e non l'ho riconosciuto. Erano passati forse quattro anni dall'ultima volta che l'avevo visto, prima che partisse per la Germania a fare il muratore: era Sandro, il migliore amico di mio fratello Francesco. E il mio peggiore.

Ho drizzato la schiena così di colpo che ho sentito la veste stringermi le spalle e tendersi il laccio del grembiule. Assomiglio molto a mia mamma anche di carattere, ma quella parte di papà che mi scorre nel sangue a volte prende fuoco come una miccia.

"Che hai da guardare così?" gli ho detto alzando il mento. Anche se ero alta di statura, lui rimaneva di una buona testa più alto di me. Ha sorriso. Era diventato grande e grosso, ma il sorriso era sempre lo stesso: insopportabile.

"Credevo di sbagliarmi, invece no. Sei proprio tu, Pajute! Ma guarda come ti sei fatta bella…"

"Fammi passare."

Mi stava piazzato davanti e mi sbarrava la strada. Quando eravamo bambini non aveva mai, mai perso occasione per essere odioso con me. Portava mio fratello a rubare i nidi dagli alberi e mi faceva credere che erano capaci di succhiare i pulcini dal guscio. Spezzava le code alle lucertole e me le infilava nel vestito. Una volta mi aveva gettato addosso una scodellata di more di gelso talmente mature che ero rimasta mezz'ora con le mani nell'acqua ghiacciata del ruscello per lavare le macchie dal grembiule, piangendo a singhiozzi. Ma lo scherzo peggiore me l'aveva fatto il giorno in cui era partito per la Germania, quattro anni prima: di fronte a una folla di gente, compresa la mia famiglia al completo, mentre tutti erano radunati in piazza per salutare quelli che partivano, mi aveva dato *un bacio*. Sulla bocca! Si sono messi tutti a ridere. Io avevo nove anni, lui undici: l'hanno preso come un gioco di bambini. Avrei voluto sparire, sciogliermi nel fango, farmi inghiottire da una crepa della terra. Sono scappata via, furente per l'umiliazione, sfregandomi le labbra fino a scorticarle.

E adesso non si spostava. Se cercavo di aggirarlo, con un passo mi era di nuovo davanti.

"Passa qua il secchio, Pajute. Ti do una mano a portare l'acqua a casa. C'è anche Francesco?"

"Fammi passare."

"Su, non fare l'antipatica. Dammi il secchio."

"Ti ho detto di farmi passare."

"Pajute, se non fai la brava prendo te e il secchio insie…"

Se l'era voluta. Gli ho tirato in faccia tutta la secchiata d'acqua, e mi dispiace solo che fosse quella pulita di fontana e non quella della pozza delle bestie.

C'eravamo di nuovo tutte: Ines, Rosetta, Emma, Carlotta, Rita, Caterina… Come ai tempi della scuola. Anzi, meglio: perché adesso avevamo qualche anno di vita da raccontarci, e non ci pesava andare a lavare le lenzuola o trasportare i sacchi dal mulino, se potevamo farlo insieme. Mafalda veniva con noi. Da quando eravamo tornati mi stava sempre attaccata, come se avesse paura che potessi ripartire da un momento all'altro. Era buffo, cercava più me che la mamma. Forse perché prima di partire per l'Austria ero io che mi occupavo di lei, mentre la mamma era al lavoro: Mafalda era la mia bambola. Mi faceva ridere sentirla parlare come una cinciarella e darsi le arie di una ragazza grande quando veniva in giro con noi!

Ogni tanto però Mafalda se ne usciva con certe frasi che ti davano da pensare. Era come se a tratti vedesse più in là degli altri. Non lo faceva con aria saccente, le succedeva così, come quando si passeggia in un bosco e d'un tratto si apre una radura e uno spicchio di cielo.

Un giorno io e Ines rientravamo dal campo. Mafalda era rimasta all'osteria di Sante, a giocare con i cuccioli della gatta. D'un tratto la vediamo correre verso di noi sbracciandosi:

"Jole! Ines! Presto! Il papà!"

Ho preso paura. Aveva l'aria sconvolta.

"Cos'è successo?"

"Jo… Jo… il pa…" balbettava, tanta aria le turbinava in petto. Appena è riuscita a prendere fiato ci ha raccontato che all'osteria nostro padre si stava prendendo a pugni col papà di Caterina. Avevano bevuto, e avevano bevuto troppo. Si erano messi a discutere non si sa di cosa, e giù botte. Ci siamo precipitate all'osteria. Per fortuna li avevano già divisi. Qualcuno ha allungato un fazzoletto a papà, ma l'oste era arrabbiatissimo e li ha presi tutti e due a spintoni e a male parole.

E in quel momento mia sorella ha detto:

"Gli uomini maschi, se stanno senza lavorare, si marciscono."

Abbiamo preso le mani di papà, una di qua e una di là, e siamo andati a casa senza dire niente. Ma io non ho fatto che pensare alla frase di Mafalda, per tutto il giorno e anche la notte. Mia sorella aveva ragione. Noi stavamo prendendo quei giorni quasi con allegria, ma la situazione non sarebbe potuta durare ancora per molto. Gli uomini non avevano lavoro. Braccia ferme e bocche da sfamare. Il pavimento della nostra vita cominciava a scricchiolare.

Per di più la guerra, che già ci aveva cacciato dall'Austria, come una bestia affamata si era rimessa sulle nostre tracce.

Il giorno dopo la mamma di Ines è venuta a parlare con mia mamma, mia mamma è andata a parlare col parroco e il parroco è andato a parlare col sindaco. Il sindaco ha fatto una riunione coi sindaci dei paesi vicini. È venuto fuori che c'era bisogno di uomini per costruire un pezzo di ferrovia a Majano e per aggiustare le strade a San Daniele, e così tutti quelli che potevano lavorare sono stati impegnati. Li pagavano poco: 22 centesimi al giorno. Ma almeno così non si marcivano, per dirla con le parole di Mafalda.

Quanto avrebbero retto? Non c'è stato il tempo di preoccuparsene. Qualche settimana dopo, graffiando con gli artigli le porte delle nostre case, ci ha pensato la guerra a portarsi via gli uomini dal paese.

È successo una domenica, a fine maggio.
Mi ricordo benissimo la data, perché quello era stato un mese di fortuna per me: avevo trovato un lavoro. Ero così contenta quando l'ho saputo che mi sono lanciata di corsa con Mafalda giù per il prato che scendeva al torrente, come una bambina piccola. A metà strada, Mafalda è inciampata nella mia gonna e abbiamo fatto il resto della discesa rotolando, fino

ai gelsi. Poi siamo rimaste lì a ridere, bevendo aria e libertà.

D'un tratto Mafalda si è fatta seria:

"Jole. Adesso tornerai in Austria?"

"Ma no, Mafalda. Ho trovato lavoro in città. Non è lontano."

Si è puntellata sui gomiti e mi ha guardata dritto negli occhi. Aveva i capelli pieni di sole e di semi.

"La mamma ha detto che adesso che hai trovato lavoro puoi mettere da parte i soldi per sposarti. Con chi ti sposi, Jole? Con Sandro?"

Sono arrossita di colpo e l'ho rovesciata sulla schiena.

"Sta' zitta! Non dirlo neanche per scherzo! Prima di tutto chi ti ha detto che mi voglio sposare, figurati se ci penso adesso, e comunque mai e poi mai con quello zotico verme insolente di... Ma cosa ti viene in mente?"

Mi sono alzata bruscamente, ho scosso l'erba dalla gonna e me ne sono andata lasciandola lì. Non abbastanza in fretta da non sentire cosa diceva quasi sottovoce, parlando alle foglie sopra di lei:

"Ho capito. Vuol dire di sì."

Così dal giorno dopo ho cominciato a lavorare a Udine. Andavamo al mercato col carro, a vendere le verdure: io, Ines, sua mamma Nena e un paio di altre donne del paese. Il carro era tirato da Modestine, la nostra asina. Ogni giorno, prima di partire, Mafalda le sussurrava qualcosa all'orecchio: diceva che conosceva un linguaggio segreto, e che con quello raccomandava a Modestine di non fare capricci.

A Udine, giorno dopo giorno, c'era sempre più gente, soprattutto tanti militari che venivano da fuori, e in piazza si vendeva bene. La piazza del mercato era proprio in centro alla città, in mezzo a negozi di ogni tipo, piena di bancarelle e di donne con le ceste di vimini. C'era un andirivieni continuo di clienti, passanti, commercianti. Da dare il capogiro.

Su un lato della piazza, vicino a una chiesa tutta bianca, un altro gruppo di donne vendeva gli scarpetti. Poco lontano c'erano anche il mercato delle granaglie e quello del pollame. Sembrava che la città non riuscisse a stare ferma.

A inizio mattina, la Nena mandava noi ragazze nelle osterie lì vicino, a cercare i giornali dei giorni prima per avvolgerci le uova. Era il momento che mi piaceva di più: tenevo sempre da parte qualche pagina, soprattutto quelle dove raccontavano gli spettacoli che davano al cinema o al Teatro Minerva. Non c'era tempo per leggere cose lunghe, con tutto il lavoro da fare, ma lì in un angolino della pagina ti raccontavano film, acrobazie, canzoni... così tante cose in così poche righe che ti bastavano per fantasticare tutto il giorno.

Mi piaceva il lavoro di vendere al mercato. Ero contenta che la mamma non avesse trovato posto per me nella filanda di Martignacco dove era stata presa lei. L'unica cosa veramente faticosa era alzarsi tanto presto al mattino. Ma era maggio, la terra si scrollava di dosso il freddo dell'inverno e la luce ci raggiungeva lungo la strada. Era bello stare all'aperto, vedere tanta gente passare, sentire le storie più incredibili che rimbalzavano di bocca in bocca.

È stato così, guardando e ascoltando la gente, che ho saputo che stava per arrivare la guerra. E l'ho saputo ben prima di quella domenica di fine maggio, quando don Andrea l'ha annunciato durante la messa, e poi è scoppiato il putiferio.

In chiesa c'era tutto il paese, come sempre. Don Andrea ha cominciato col saluto di benvenuto e poi ha detto quel che doveva dire: che l'Italia aveva dichiarato guerra all'Austria, che la Patria andava difesa con onore, ora che aveva bisogno dei cuori fedeli e del coraggio dei suoi uomini. Ha detto che la guerra sarebbe durata poco, ma che ci sarebbero stati sacrifici da fare. Ha detto che non bisogna avere paura di morire per la Patria, perché è così che si diventa eroi eternamente. Aveva una voce strana mentre diceva queste cose. Di solito don Andrea si accalora molto durante la predica, o quando ha qualcosa che gli sta molto a cuore e che vuole che noi capiamo bene. Diventa tutto rosso in faccia e sembra che divori le parole, dal desiderio che ha di farcele arrivare ben masticate. Quel giorno, invece... Il discorso era detto a voce ben alta ma c'era qualcosa di strano. Era come se non credesse fino in fondo a quello che stava dicendo. Mentre facevo questo pensiero dentro di me, Mafalda mi ha sussurrato all'orecchio:

"Oggi le parole non gli stanno bene in bocca, a don Andrea. Che cos'ha?"

Non ero la sola ad aver avuto quell'impressione, allora.

All'uscita dalla chiesa camminavamo tutti un po' più lentamente. La guerra non era che l'ennesima disgrazia che si abbatteva dall'alto sulle nostre spalle. Bisognava reggere il carico e continuare a camminare senza perdere l'equilibrio. Probabilmente gli uomini si chiedevano se sarebbero stati richiamati, e le donne pensavano a come avrebbero fatto senza di loro. Qualcuno però si è spinto più in là. Luigi Tonutti, il papà di Caterina, si è avvicinato a mio papà e gli ha detto, a voce abbastanza alta per farsi sentire anche dagli altri:

"E tu adesso da che parte starai, eh, Meni? Tu che hai la moglie austriacante…"

"Non dire fesserie, Luigi."

"Cos'è, hai paura che si venga a sapere? Che hai il nemico in casa? Te la fai sotto?"

Mia mamma non è austriaca. Parla italiano, ha sempre parlato italiano. Si chiama Antonia, che è un nome italiano. Prima di sposarsi, il suo cognome era Zuliani, ed è un cognome italiano. Però è vero che non è nata a Martignacco, come tutti noi. La sua famiglia era di Grado, un paese a sud di Udine, vicino al mare. Da tanti anni Grado era sotto l'Austria, proprio come Cormons, Gorizia e Trieste. Era per riprendersi queste città che adesso l'Italia aveva iniziato la guerra contro l'Austria.

Comunque era da un'eternità che la mamma viveva a Martignacco, e non aveva più contatti né con Grado né con nessuno dei suoi abitanti. Noi a Grado non eravamo mai stati, e la mamma non ne parlava volentieri. Forse aveva dei conoscenti là. Forse quei conoscenti adesso erano militari, e combattevano per l'Austria. Ma qualunque fosse la verità, una cosa era certa: mia mamma non era austriaca né austriacante, e quella di Luigi Tonutti era una provocazione bella e buona. E sapeva che avrebbe colto nel segno, perché Luigi e mio papà non si sopportavano e non riuscivano a stare vicini senza darsele: così non è servita una parola di più. Papà ha dato uno spintone violento a Luigi, Luigi gli ha tirato un pugno, papà è caduto sopra un altro, quest'altro si è arrabbiato con Luigi e con papà, ed è iniziato così un tafferuglio sul sagrato della chiesa, che in un battibaleno ha coinvolto anche quelli che non c'entravano.

Forse le botte servivano agli uomini per sfebbrare la tensione e la paura di quello che stava per accadere.

Mentre noi urlavamo, senza osare avvicinarci alla mischia, è arrivato don Andrea correndo, con i paramenti ancora addosso. Ha cercato di mettere ordine in quel groviglio di corpi e quando finalmente c'è riuscito ha tenuto una predica serrata serrata, senza neanche respirare. Era tornato il don Andrea di sempre, con parole che erano proprio le sue e gli stavano bene in bocca.

Fuori fuoco 2
Classe femminile, Grado, 1884

È una foto che porta i segni del tempo: l'immagine è sbiadita e quasi completamente scolorita sui bordi. Ritrae una classe di bambine nel giardino di una scuola. Nel giardino ci sono palme, oleandri, cespugli di rose e sullo sfondo a destra un tratto di luce più intensa: il mare. Le bambine sono in piedi sui gradini d'ingresso, divise in tre file ordinate, accanto alla loro maestra. I volti di quelle più esterne non si vedono quasi più. In prima fila, al centro, una bambina sta saltando dal gradino. Nell'immagine, di lei si vede solo il contorno mosso del grembiule e un caschetto di capelli, biondi, biondissimi, aperti a fiore per il salto.

Nei giorni seguenti il paese è stato tappezzato da manifesti che annunciavano la mobilitazione generale e la chiamata alle armi. Tutta la provincia di Udine era dichiarata territorio di guerra: non ci si poteva più muovere senza un passaporto rilasciato dal comando militare.

I primi a essere chiamati sono stati i ragazzi dell'età di Antonio. E Antonio. Quando è partito, è stata l'unica volta che ho visto papà abbracciare mio fratello. Antonio si sentiva forte, si sentiva grande. Partiva insieme ai suoi amici più cari, Tarcisio e Bartolo, i fratelli di Ines. Andavano a combattere sul fronte dell'Isonzo e si sentivano già degli eroi, con la vittoria in tasca.

Il giorno prima che Antonio e gli altri partissero, papà ha avuto un'idea strana. Ha insistito perché andassimo tutti a Udine per fare una foto di famiglia. Una foto!

"Meni, ma cosa dici. Le foto sono fatte per i ricchi," ha commentato la mamma, scuotendo la testa.

"Le foto sono fatte per ricordare," ha detto mio papà. "Guarda qui, questi tuoi figli. Pensi che tra un anno saranno uguali? Antonio vestito da soldato, te lo immagini: sarà tutto diverso. Francesco sta diventando un uomo forte come me. E Jolanda, non vedi come cambia un giorno dopo l'altro? Per non parlare di Mafalda..."

"Io non cambio mai," ha esordito Mafalda, seria seria. "Non preoccuparti, mamma."

Alle parole di Mafalda la mamma ha sorriso. Ma è durato solo un attimo, poi le è scesa di nuovo un'ombra sugli occhi, e non credo che fosse per il costo della foto. Credo che stessimo pensando tutti la stessa cosa: che papà voleva una foto di famiglia nel timore che qualcuno di noi si perdesse per strada, nell'inferno della guerra.

"E poi, i ricchi! Chi sarebbero, i ricchi? Chi è più ricco di me, che ho al fianco un tale tesoro di donna? E non ti ho forse presa in moglie strappandoti a un destino di noiosa nobiltà, Duchessa delle Stelle, Contessa della Luna?"

Dicendo così, papà ha afferrato la mamma per la vita e l'ha fatta volteggiare. Non so da chi avesse imparato a fare il commediante gentiluomo in quel modo, ma con la mamma funzionava: riusciva sempre a farla ridere, anche nei momenti peggiori.

Dopo Antonio è partito anche il papà. E con lui tutti gli altri uomini di Martignacco, tutti quelli abili al lavoro anche se non erano più ragazzi. Andavano a lavorare nei cantieri militari: voleva dire che non li mandavano direttamente a combattere, ma ad aprire strade, scavare gallerie e altre cose del genere. Almeno per il momento.

In capo a qualche settimana il paese si è svuotato come un sacco di biada. In giro non si vedevano che donne, bambini e qualche anziano. Lo stesso nei paesi vicino: Moruzzo, San Daniele, Fagagna… La guerra ci alitava sul collo, il suo respiro risucchiava via gli uomini dalle case. Ed era pronta a risputarne solo le ossa masticate.

Quando si scendeva a Udine invece era tutta un'altra cosa: la città continuava a essere piena di gente. Tantissimi erano ufficiali che discutevano per ore al Caffè Dorta o passeggiavano con aria sprezzante nelle piazze. Uno strano modo di combattere per la Patria.

A casa nostra ci eravamo organizzati: la mamma lavorava in filanda, Mafalda andava a scuola e poi dall'Assunta, la nostra vicina di casa, che le insegnava a cucire. Francesco aiutava nei campi delle altre famiglie del paese in cambio di farina e zucchero. Non erano rimasti molti ragazzi in circolazione. E anche lui scalpitava. Diceva che voleva partire anche lui, andare a lavorare con papà nelle retrovie, anche se sapeva benissimo che non poteva, perché non aveva ancora sedici anni. Io continuavo a lavorare al mercato.

Un giorno, rientrando da Udine, ho trovato Mafalda ad aspettarmi sulla porta di casa. Aveva la faccia grave. Ho subito pensato a una disgrazia: era successo qualcosa? Dov'era la mamma? La paura mi ha congelato le gambe. Modestine se n'è accorta e si è fermata di botto anche lei. Eravamo una statua di sale in mezzo alla strada.

Mafalda ci è venuta incontro, senza farsi fretta. Mi guardava dritta negli occhi, sempre con quella espressione di una che nasconde una cosa importante.

Mi ha preso dalla mano la cavezza di Modestine e al suo posto ha messo un pezzo di carta, dicendo:

"Biglietto."

Non mi sono mossa ma almeno mi si è sciolta la lingua.

"Mafalda. Dov'è la mamma?"

"Al torrente, a lavare. Biglietto!" ha detto a voce più alta, guardando la mia mano con insistenza.

"Non è possibile. Siamo andate ieri a lavare i panni. Dov'è la mamma, Mafalda?" ho ripetuto, mettendole le mani sulle spalle come per assicurarle che poteva dirmi la verità. Ma Mafalda mi stava dicendo la verità, ed era anche un po' spazientita. Ha sbuffato:

"È andata a lavare la roba di altri. Sai quei signori della villa grande, che di solito stanno in città? Ecco, adesso sono tutti venuti a stare qui, in campagna, per paura degli aerei. E hanno tovaglie, lenzuola, camicie, grembiuli... tutto da lavare. Se non lo leggi tu, me lo riprendo io."

Invece si è presa Modestine e l'ha portata verso la stalla. E io ho letto il biglietto.

Per Pajute.
Ti aspetto dietro il cimitero di Santa Margherita. Vieni appena leggi. È importante.
S.

Sandro! Come si permetteva di scrivermi? Spudorato. Cosa voleva da me? Era sicuramente un tranello. E si aspettava anche che fossi così scema da cascarci... che mi facessi tutta la salita fino a Santa Margherita per dargli il gusto di ridermi dietro! Vigliacco. Ho accartocciato il biglietto e sono entrata in casa. Francesco non c'era.

"Francesco non si trova da tutto il giorno," ha risposto Mafalda da dietro la mia schiena, senza che io neanche avessi fatto la domanda. "Quindi io vi aspetterò qui, sola soletta con Modestine. Non vengo con te dietro il cimitero di Santa Margherita, perché so che non si fa. Però so tenere i segreti."

"Io non..." Stavo per dire che non avevo nessuna intenzione di obbedire a quel biglietto, ma poi ho pensato a quello che aveva appena detto Mafalda. Dov'era Francesco? Se qualcuno poteva saperlo, quel qualcuno era Sandro.

"Non puoi mica non andarci, Jole." Mafalda ha scosso la testa. "Ti ha scritto un biglietto," ha concluso, come se fosse una buona ragione.

"Va bene. Vado. Ma torno subito. Di' alla mamma che sono andata a cercare Francesco."

Le sere di giugno non finiscono mai. Il tramonto si stiracchia sull'orizzonte come un attore che prova e riprova la stessa scena tante volte cambiando un po' la voce. Mentre salivo verso Santa Margherita mi chiedevo se anche papà e Antonio stessero guardando lo stesso tramonto. Sembrava impossibile, guardare quel tramonto e avere dei nemici. O sparare. O essere... Non volevo pensarci. Mi sono messa a cantare tra me e me il ritornello di una canzone che mi cantava Antonio quando ero piccola:

Tu tramontis tu soreli
tu tu cjalis par duc' cuanc'
sestu bon di saludami
là ch'al è il miò cjâr amant...

"Ssst, Pajute!"

Mi ha fatto fare un balzo. Mi sono vergognata che mi avesse sorpreso a cantare e l'ho aggredito:

"Ti sembra il modo? Sempre il solito villano. E si può sapere cosa..."

"Zitta, abbassa la voce! Seguimi."

Non aveva la solita aria di scherno. Si guardava intorno come se la strada per il cimitero fosse popolata di gendarmi e lui avesse appena commesso un delitto. Comunque non so perché ma l'ho seguito. Abbiamo camminato verso il cimitero attraverso i campi. E quando siamo arrivati al muro del cimitero…

"Francesco! Ma dove sei stato? È tutto il giorno che ti cercano!"

"Senti un po', sorellina: noi stiamo partendo. Devi dire alla mamma che non si preoccupi, che non stia in pensiero, che va tutto bene."

"Ma cosa dici? Partendo per dove?"

"Andiamo al fronte, con i soldati."

"Al fronte? Siete matti? Lo sai che non vi prendono nell'esercito. Non avete neanche sedici anni!"

"Veramente io li ho già compiuti," mi ha interrotto Sandro, guardandomi con gli occhi socchiusi e un filo d'erba in bocca. Aveva di nuovo la sua solita faccia da schiaffi. "Potrei anche sposarti, sorellina."

"Vai al diavolo!" ho esclamato, e immediatamente sono arrossita. Non ero mai stata così volgare. Sandro tirava fuori la parte peggiore di me. Per tutta risposta ha sogghignato.

"Non andiamo mica proprio a combattere. Andiamo nel genio militare, come papà. Anzi," ha aggiunto, caricandosi uno zaino sulle spalle.

"*Con* papà. Lo raggiungiamo, andremo a lavorare con la sua squadra. Pagano bene, sai!"

Non sapevo come fermarlo.

"Francesco, la mamma. Le viene un colpo al cuore se sa che sei partito anche tu. Non c'è più nessuno con noi."

"Ci sei tu, Jole. Sei in gamba. E poi torniamo presto, lo hai sentito: la guerra finirà in fretta. Vogliamo la nostra parte di gloria nella storia della Patria, prima che se la spartiscano tutta gli altri! Ciao sorellina, di' alla mamma che le mandiamo una cartolina."

Avevo un groppo in gola e non mi uscivano più le parole. Non sono neppure riuscita a mandare di nuovo al diavolo Sandro, quando l'ha rifatto. Mi ha dato un altro bacio.

Almeno questa volta non l'ha visto nessuno.

Mentre mi scapicollavo giù per la collina di Santa Margherita, pensando che se facevo in fretta forse la mamma trovava un modo per fermarli, è successa una cosa strana. Avevo preso la scorciatoia dei campi, e stavo per raggiungere la strada, quando ho sentito chiamare:

"Jolanda! Mafalda!"

Già questo era strano, perché la mamma non mi chiamava mai col mio nome completo. Per di più non sembrava neppure la voce della mamma, ma in quel momento ero così agitata che ho risposto d'istinto:

"Sono qui, mamma!" e sono corsa sulla strada. Sono sbucata dai rovi e mi sono trovata di fronte a una signora che non conoscevo per niente. Era molto alta, vestita come una dama di città, con un cappellino bianco e blu sotto cui era raccolta una matassa di capelli corvini. Decisamente non era la mia mamma.

"Riverisco," ho balbettato, giusto per dire qualcosa, perché eravamo rimaste tutte e due a bocca aperta per la sorpresa. "Mi... mi cercavate?"

Ha fatto un mezzo sorriso imbarazzato.

"Veramente chiamavo le mie figlie, Jolanda e Mafalda."

"Jolanda sono io, e Mafalda è mia... Ma siamo figlie di mia mamma. Insomma, non... Noi..."

Mi stavo confondendo miseramente nel malinteso.

"Vi chiamate Jolanda e Mafalda anche voi?" ha chiesto la signora, quasi divertita dalla coincidenza. In effetti non erano nomi molto comuni, dalle nostre parti.

"Sì, già. La mamma ci ha chiamate come le figlie del Re. Con permesso, ora vi saluto." Non avevo voglia di fare chiacchiere con una sconosciuta, in quel momento.

Se solo avessi saputo chi era la sconosciuta, forse ci avrei pensato due volte prima di liquidarla così frettolosamente.

Quando le ho raccontato di Francesco, la mamma non è crollata come temevo. Ha sospirato tenendosi il viso tra le mani per un po'. Secondo me se lo aspettava. Sapeva anche lei che era difficile tenere il freno a Francesco.

"Domani parliamo con don Andrea," mi ha detto. "Lui conosce molta gente. Ci potrà dire dove sono andati e se li hanno fatti passare. Purché non gli succeda niente di male."

Dopo cena io e Mafalda siamo andate a dormire, ma ho sentito attraverso il muro che la mamma discuteva a lungo con Assunta. Non distinguevo le parole, solo ogni tanto la sentivo ripetere come un ritornello che no, non poteva farlo, non poteva farlo.

Come ogni sera, io e Mafalda abbiamo pregato per papà e Antonio, e quella sera anche per Francesco.

"E per Sandro," ha aggiunto Mafalda.

"... falli tornare a casa sani e salvi. Fa' che questa guerra finisca presto per davvero."

"Questo non si può dire, Jole. Ce l'ha insegnato la maestra a scuola: se dici che vuoi la fine della guerra, vuol dire che sei contro la Patria."

"... e fa' che nessun altro senta le nostre preghiere."

"Così va bene. Tanto Dio non fa la spia."

Prima di addormentarmi, non so perché, mi è tornata in mente l'immagine della signora col cappellino bianco e blu.

Il giorno dopo non dovevamo andare al mercato perché era domenica, ma giusto prima della messa Ines e sua mamma sono venute da noi insieme a una donna di Martignacco che si chiamava Annamaria. La conoscevamo alla lontana.

Sono entrate in casa tutte agitate, sfarfallando intorno a questa Annamaria, che teneva tra le braccia un pacchetto. La Nena e Ines si sforzavano di stare zitte, ma sembrava che le parole, trovando chiusa la bocca, volessero uscire dai loro occhi.

"Buongiorno, Annamaria. Che succede?" ha chiesto la mamma, di fronte a quella scena.

"Buongiorno, Antonia. Vengo da parte di Sua Maestà la Regina…"

"Elena! La Regina Elena!" hanno esclamato Ines e sua mamma, finalmente libere.

"Chi?" ha chiesto la mamma, che non ci capiva niente.

"La Regina… e il Re!"

"Vittorio Emanuele III!"

"Sono a Martignacco!"

"A Martignacco? Qui? In visita?" Già questo sarebbe stato abbastanza incredibile. Ma la realtà lo era ancora di più.

"Zitte, lasciate parlare me," ha detto Annamaria. "Allora, dall'inizio: Sua Maestà il Re d'Italia, Vittorio Emanuele III, ha scelto come sua dimora e quartier generale… Martignacco! Abita qui, nella villa dei Linussa, da circa un mese, da quando è iniziata la guerra. Non si può dire troppo in giro per via delle spie, che sono nascoste dappertutto: il Re ha scelto di abitare qui a Martignacco proprio perché a Udine sarebbe stato troppo in vista. Insomma, in questi giorni Sua Altezza la Regina Elena è venuta a trovarlo insieme alle principesse…"

"Jolanda e Mafalda!" ha esclamato Ines, battendo le mani.

"… e non so come, la Regina ha saputo che hai dato alle tue figlie gli stessi nomi delle principesse, e per ringraziarti della stima e della fedeltà ti manda questo!"

La Regina Elena! Mi sono sentita mancare. Era lei la donna col cappellino! "Questo" era il pacchetto che Annamaria tendeva alla mamma: conteneva una scatola di latta piena di biscotti Delser, i più buoni di tutti. A quella vista Mafalda ha sgranato gli occhi e ha commentato:

"Vivailrevivalitalia!"

Annamaria sapeva un mucchio di altre cose sul Re e la Regina, perché da due settimane lavorava come donna di servizio a Villa Linussa e quindi aveva avuto modo di seguire la vita delle Altezze Reali molto da vicino. La Nena e Ines bevevano le sue parole come tazze d'acqua e miele.

"Ma dove dorme il Re? Com'è la sua stanza?"
"Chi vive con loro?"
"La Regina, cosa mangia?"

"Vanno in giro in carrozza?"

"Ma il Re ha anche dei vestiti normali?"

Quest'ultima domanda l'ha fatta Mafalda, che aveva visto il Re nella foto appesa a scuola. Annamaria ci ha detto che tutto sommato erano persone semplici: la camera del Re aveva un solo letto, e neanche tanto grande perché lui era basso di statura, poi un tavolino e qualche sedia, nulla più. Ha raccontato che spesso il Re mangiava il pranzo al sacco, perché partiva presto la mattina per andare a visitare le zone dove si combatteva, e i feriti negli ospedali, e per controllare le operazioni di guerra dal colle di Medea. La Regina veniva ogni tanto ma si fermava solo tre giorni, come tutte le mogli degli ufficiali. Né lui né lei amavano molto essere oggetto di speciali privilegi. Però ha detto che non tutti erano come loro, alla villa: tolti il Conte Avogadro, che era il migliore amico del Re, e pochi altri, la maggior parte degli ufficiali e dei corazzieri si comportavano da altezzosi. Anche se le Altezze Reali non erano loro.

"Perché il Re si chiama Sua Altezza se invece è basso?" ha chiesto Mafalda, con la bocca piena di biscotti. Nessuno ha risposto.

Fuori fuoco 3
Il Re in auto a Udine, luglio 1915

La foto è stata scattata in una delle tante mattine in cui il Re Vittorio Emanuele III andava al fronte, o sul colle di Medea, passando per le strade di Udine. Ai lati della strada, i cittadini salutano il Re sventolando cappelli e fazzoletti. In auto con lui ci sono la Regina Elena e le principesse Jolanda e Mafalda. La principessa Mafalda ha lo sguardo rivolto verso i piani alti di una casa che si affaccia sulla strada: alla finestra si intravede, fuori fuoco, il viso di una bambina che guarda imbronciata verso l'automobile. È già il quinto giorno che aspetta il Re per gettargli un mazzetto di fiori, ma ogni volta che ci prova il suo dono atterra sulla strada quando ormai l'auto reale è già passata.

Il 20 agosto sono cadute le prime bombe sulla città di Udine.

Già nelle ultime settimane i voli degli aerei austriaci erano diventati sempre più frequenti, anche se la gente sembrava non farci caso. Ogni volta che si avvicinava un aereo, suonava la sirena del Castello e bisognava abbandonare tutto per cercare un riparo. Noi usavamo la cantina delle sorelle Juretigh, che avevano un negozio di tessuti proprio sotto i portici della piazza. A forza di salire e scendere dalla cantina avevamo finito per fare amicizia.

A parte un po' di spavento, soprattutto le prime volte, non era mai successo niente. Tanto che le persone avevano cominciato ad abituarsi alla sirena e al rumore degli aerei e a dire il vero più di qualcuno ignorava l'allarme, come se non lo riguardasse.

Fino a quel venerdì, quando il cielo non ci ha regalato solo un aereo di passaggio, ma anche quattordici bombe.

Ci sono stati dei morti.

A quel punto la Nena ha dichiarato che a Udine potevano coltivarsela da soli, la verdura, e che lei non era più disposta a rischiare la pelle, la figlia e il carretto, e che avrebbe cercato un altro lavoro. In realtà da quando aveva saputo che il Re abitava a Martignacco non passava giorno senza che chiedesse ad Annamaria se per caso a Villa Linussa c'era un posto per lei. Ma ogni volta Annamaria le diceva: "Forse la settimana prossima", e intanto le settimane passavano, l'estate cominciava a stancarsi e noi continuavamo ad andare al mercato con Modestine, perché senza lavoro non si poteva stare.

Quel giorno però ha portato anche una bella notizia: mio fratello Antonio è tornato a casa. Solo per pochi giorni, lo avevano mandato in licenza. Ma è stata una festa lo stesso: la mamma ha addirittura preparato il coniglio. Non avevamo più saputo niente di lui da quando era partito e anche se ne parlavamo il meno possibile io so che la mamma passava ogni giorno da don Andrea per sentire se aveva qualche notizia dal fronte. Papà almeno ogni tanto scriveva una cartolina, giusto per far sapere che andava tutto bene. Nell'ultima ci aveva detto che Francesco e Sandro lavoravano come operai nei cantieri militari dalle parti di Cividale. Don Andrea ci aveva tranquillizzato, spiegandoci che Cividale non era sulla prima linea di guerra. Almeno per il momento.

Quando la mamma ha chiesto ad Antonio perché non avesse mai mandato nemmeno due righe, lui ha distolto lo sguardo:

"Ho avuto da fare. Cose importanti. Noi combattiamo per la Patria, lassù, lo sai? Rischiamo la vita in ogni momento per la Patria. Ogni goccia del nostro sangue e ogni istante della nostra vita sono dedicati a lei."

La mamma non ha ribattuto. Ma sotto il tavolo ho visto che si stringeva la pancia con le mani, come quando era incinta di Mafalda e aveva le fitte.

Durante e dopo la cena tutte le donne del paese sono venute a turno in processione per sentire se Antonio aveva notizie di figli, mariti, fratelli. Ascoltavano quello che lui raccontava della vita in trincea, e in qualche modo si consolavano anche se non aveva nessuna notizia precisa dei loro uomini: meglio nessuna notizia che una brutta.

Qualche giorno dopo don Andrea mi ha consegnato un'altra cartolina. Io credevo di doverla portare alla mamma.

"Grazie, don Andrea. Credo che la mamma sarebbe comunque venuta a chiedere notizie, più tardi."

"No, Jolanda. La cartolina non è per tua madre," mi ha detto, con una strana espressione. Era serio, ma nello stesso tempo sembrava che gli ridessero le lenti degli occhiali. "Sei grande, ormai, ragazza mia. Puoi prenderla tu, la posta che è indirizzata a te."

A me? Una cartolina per me? L'ho subito girata e ho letto l'inizio: *Cara Pajute…*

Oh, no. Aveva intenzione di farmi ridere dietro da tutto il paese? Per fortuna don Andrea aveva avuto la delicatezza di non consegnare quella cartolina alla mamma, né a nessun altro! Perché mi scriveva? Perché a me? Volevo continuare a leggere, e volevo stracciarla in mille pezzi. Don Andrea l'ha capito e con un'occhiata mi ha indicato il sedile di pietra sul lato della chiesa, dove si sedeva lui quando pregava da solo.

"Lì si sta benissimo, Jolanda. E nessuno ti vede dalla strada."

La pietra, forte e fredda, mi ha dato sollievo. O forse era il fatto di essere lì da sola, a parte le vecchie lapidi sbiancate dal tempo che facevano capolino tra l'erba della chiesa, reclinate come margherite in cerca di luce. Ho guardato la cartolina dal lato dell'immagine: era la foto di un ponte molto alto. Sotto c'era scritto: *Cividale – Ponte del Diavolo*. Ho girato e ho letto.

Cara Pajute,
ti scrivo oggi perché tra poco non saremo più qui. Mi hai detto di andare al diavolo e come vedi ti ho presa in parola: ho cominciato dal ponte.

Lo sapevo. Non poteva perdere l'occasione per rinfacciarmi le parole che mi ero lasciata sfuggire quel giorno dietro il cimitero. Eppure non era possibile che si prendesse la noia di scrivermi solo per canzonarmi. Cosa significava che l'indomani non sarebbero più stati lì?

Tuttavia tra poco al diavolo ci andremo davvero. Tra qualche giorno ci sposteremo in una valle, non lontano da qui, a costruire fortificazioni col reticolato di ferro. Saremo anche noi accanto ai soldati e forse anche faccia a faccia col nemico. Francesco sta bene e vi saluta tutti. Io ti penso, Jolanda. Aspettami, tornerò presto.
Sandro

Mi sono portata la cartolina al petto. Un senso di leggerezza mi invadeva la testa, mi sentivo come se avessi bevuto il mosto fermentato. Ero contenta, perché... perché Francesco stava bene, ecco perché.

"Jooleeee!"

Il parroco aveva detto che dalla strada non mi avrebbe visto nessuno, ma non sapeva che Mafalda non ha bisogno di vedermi per sapere dove sono. Ho nascosto in fretta la cartolina nel grembiule.

"Perché non rispondi, Jole? Devi venire con me: Modestine è scappata!"

Ci mancava anche questa. L'asino di Luigi Tonutti era saltato fuori dal recinto proprio mentre Mafalda passava di lì con Modestine. È un asino veramente grande: ha cominciato a impennarsi intorno a Modestine, che gli sferrava calci su calci, finché lei ha strappato la cavezza dalle mani di Mafalda ed è fuggita. Inseguita dall'asino.

Li abbiamo ritrovati un'ora dopo, sul prato lungo il torrente. Calmi calmi, tutti e due. Per fortuna nessuno li aveva notati, altrimenti avrebbero potuto portarceli via: due asini facevano comodo a chiunque, anche ai militari del comando che avevano già requisito degli animali. E chi li sentiva poi, Luigi Tonutti e il papà, quando fossero tornati dalla guerra...

Modestine non avrebbe lavorato ancora per molto al mercato, e io neppure. Un paio di mesi dopo, il 19 novembre, Udine è stata di nuovo bombardata e la Nena si è presa un tale spavento che non ha più voluto andare in città.

Eravamo a vendere al mercato quando sono partite le sirene del Castello. Si avvicinavano cinque aerei *Taube*, che in tedesco vuol dire "colomba", inseguiti dagli aerei italiani. Ora la gente non prendeva più sottogamba l'allarme, e correvano tutti sotto i portici o dentro le case quando suonava la sirena. Noi come al solito ci siamo rifugiate nella cantina delle sorelle Juretigh, e da lì abbiamo sentito gli scoppi delle granate. Erano molto vicini. Solo in quel momento la Nena si è accorta che Ines non era con noi: si era allontanata poco prima dell'allarme per cercare i giornali vecchi in cui avvolgere le uova. La Nena è scattata su, ha detto che andava a cercarla, non poteva restare lì senza sapere dove fosse sua figlia. Abbiamo cercato di farle cambiare idea, perché si sarebbe messa in pericolo inutilmente, ma la Nena non ha voluto sentire ragioni, è uscita di corsa.

È tornata poco dopo, in lacrime. Ha detto che una bomba era caduta in piazza Venerio, dove c'era il mercato della frutta. Era pieno di gente a terra, morti e feriti dappertutto. Era morto anche Toni, il venditore di pere cotte, rovesciato sul suo carretto. In quel macello non aveva trovato Ines. Abbiamo cercato di rincuorarla, dicendole che di sicuro si era riparata in qualche casa ad aspettare che finisse l'allarme.

Era andata così, infatti. Ines ci ha raggiunto mezz'ora dopo, sana e salva. Ma le bombe avevano fatto una strage: oltre al mercato, avevano preso di mira anche gli ospedali, il tribunale, la stazione del tram... In una casa, appena fuori città, una donna che allattava la sua bambina aveva ricevuto una scheggia di granata in pieno petto, che aveva trapassato sia lei sia la bambina. Era stata colpita tanta gente che con la guerra non c'entrava niente.

O forse con la guerra c'entravamo tutti. La guerra è una bestia cieca, che non vede se hai addosso la divisa oppure no. E ci aveva appena tirato un morso, riempiendosi la bocca di sangue.

A quel punto la Nena non ha aspettato un altro "forse la settimana prossima" di Annamaria. Si è presentata lei stessa al portone di Villa Linussa, ha chiesto, ha spiegato, ha raccontato, ha insistito finché non le hanno trovato un lavoro. Anzi, due: uno per lei come lavandaia e uno per Ines come cameriera.

"Cameriera a casa del Re! Ti rendi conto?" Ines non stava in sé dalla soddisfazione. "E tutti quei corazzieri della guardia reale!" ha esclamato sognante, stringendo la divisa che aveva tra le mani. Eravamo a casa di Assunta, la nostra vicina che faceva la sarta. Ultimamente aveva molto lavoro, così ci aveva chiesto di darle una mano a rammendare le divise militari.

"Attenta a non lasciargli dentro uno spillo, altrimenti lo colpirai al cuore senza neppure sapere chi è," l'ho presa in giro.

"Jole, devi venire anche tu! Appena prendo servizio chiedo se c'è un posto anche per te."

Ho scosso la testa.

"Ma no, Ines. Guardati: sei bella come un'attrice. È per questo che ti vogliono come cameriera!"

Era vero, Ines era molto bella. Aveva gli occhi di un azzurro intenso, quasi viola, e le ciglia lunghe come se gliele avessero disegnate. Sorrideva facilmente, ed era una fortuna, perché anche la bocca era perfetta. E poi era alta e mora, quando scioglieva i capelli sembrava più grande della sua età, e si muoveva con la grazia di una gatta sulla neve. Non mi stupiva affatto che l'avessero voluta come cameriera: era un quadro vivente.

Sia in piazza che in paese i soldati le fischiavano dietro. Fischiavano dietro a tutte le ragazze, a dire il vero, ma con lei si spendevano anche in complimenti conditi da occhiolini e sorrisetti. Credo che don Andrea fosse preoccupato dal comportamento dei soldati, perché non c'era predica domenicale in cui non facesse riferimento alla "virtù delle fanciulle" e alle "tentazioni del demonio".

Comunque, con Udine era finita. Ines e la Nena lavoravano dal Re, mentre io rimanevo a cucire da Assunta, e cucendo ascoltavo le storie che lei raccoglieva in giro insieme ai vestiti strappati. Storie di soldati eroi e di nemici impietosi, storie di assalti e spari, storie di trincee e lettere e speranze.

Assunta, che aveva il marito al fronte ma non aveva più avuto sue notizie dal giorno della partenza, concludeva le storie sempre con la stessa frase:

"Per fortuna la guerra durerà poco. A Dio piacendo, tutto questo finirà presto."

Non è durata poco. Non è finita presto.
Un anno dopo eravamo ancora allo stesso punto. La guerra continuava, i morti anche. Martignacco non veniva bombardata dagli aerei, ma dalle lettere. Ormai regolarmente arrivava per l'uno o per l'altro la notizia che qualcuno della sua famiglia era morto. Anzi, no: nella lettera non scrivevano "morto" ma "sacrificato per la Patria con la più bella, invidiata e santa fine". Assunta, dopo aver aspettato per mesi notizie del marito, aveva finalmente saputo da un telegramma della Croce Rossa che era stato fatto prigioniero dagli austriaci e portato in un campo di concentramento in Ungheria. Qualcuno tornava a casa in congedo perché era gravemente ferito o ammalato. Qualche soldato si feriva

apposta, si sparava ai piedi o si faceva venire una malattia agli occhi. Antonio e il papà sono tornati in licenza un paio di volte, ma sempre per poco tempo. Francesco e Sandro scendevano ogni tanto a Cividale e da lì mandavano una cartolina per dire che stavano bene. In genere la mandava Sandro. In genere la mandava a me.

L'unico evento straordinario nella nostra famiglia è stato la nascita di un asinello. Quando Modestine era scappata con lo stallone di Luigi Tonutti, quasi un anno prima, ci aveva preparato una sorpresa. Me ne sono accorta io, un giorno di primavera che la stavo strigliando al sole, e ho sentito sussultare la pancia sotto la mano.

"Mamma, Modestine è gravida!"

"È grave?" ha chiesto Mafalda.

A fine luglio Modestine ha partorito un asinello. Mafalda si occupava di tutti e due e insegnava al piccolo il linguaggio segreto che diceva di conoscere solo lei. Quando ha avuto sei mesi poi siamo riuscite a venderlo a un signore di Fagagna e Mafalda di nascosto ha dato una manciata di sale a Modestine.

Per il resto, la nostra vita si manteneva in uno strano equilibrio. Sembrava sempre sul punto di precipitare, invece rimaneva in sospeso. Era come avere librato sopra la testa un gheppio che fa lo Spirito Santo. Si dice che i gheppi volano a Spirito Santo quando si mantengono fermi nello stesso punto del cielo, battendo le ali velocissime, col corpo quasi verticale. Forse lo fanno per vedere meglio le possibili prede a terra. Poi si tuffano, e le afferrano con gli artigli.

Sulle nostre vite il rapace si è librato a Spirito Santo per qualche mese ancora. E poi, un giorno di agosto del 1917, è sceso giù in picchiata.

Fuori fuoco 4
Foto di famiglia, Udine, 1915

Pur essendo stata scattata da Pignat, uno dei più importanti studi della città, la foto non porta il marchio a secco del fotografo, perché si trova tra quelle scartate. Lo sfondo è quello tradizionale: pesanti tende di velluto, due imponenti poltrone dove stanno seduti i coniugi Antonia e Domenico Melchior, un tavolino a cui è appoggiato il figlio Francesco, sottobraccio alla figlia maggiore, Jolanda. Antonio, il figlio più grande, posa in piedi dietro al padre, con una fisarmonica in braccio. La figlia più piccola avrebbe dovuto essere sulle ginocchia della madre, ma all'ultimo momento è scesa per correre verso l'apparecchio fotografico, ed è per questo che il suo volto, fuori fuoco, riempie gran parte dell'inquadratura e la foto è stata scartata.

Parte seconda

1917, da Martignacco a Udine

Non distante da Villa Linussa, sul torrente Cormor c'era un ponte presidiato dai soldati. Si trovava sulla strada percorsa ogni giorno dal Re, quando partiva per visitare le zone di guerra. Siccome il ponte era stretto, il Re aveva ordinato che quel pezzo di strada fosse trasformato a senso unico, in modo da non rischiare di trovare il ponte occupato quando doveva passare con la sua automobile.

Un giorno la mamma aveva ricevuto un mucchio di biancheria da lavare, perché in molte ville dei dintorni erano ospitati non so quali comandanti o capi di stato, con tutto il loro seguito. Abbiamo caricato la biancheria sul carretto della Nena, tirato da Modestine, e siamo andate al torrente Cormor, attraversando quel ponte. All'andata ci hanno fatto passare. Ma al ritorno…

"Non potete passare di qua. Il ponte è a senso unico per tutti i mezzi con le ruote."

"Ma questo è un carretto, mica un'automobile," ha ribattuto la mamma.

"Sua Maestà ha detto precisamente: 'tutti i mezzi con le ruote', non 'tutti i mezzi col motore'. Il vostro carro ha le ruote, quindi non passa."

"E noi come torniamo a casa?"

"Scendete fino all'incrocio laggiù, risalite dall'altra strada e poi vi ricongiungete a questa nella piazza del paese."

"Soldato, io ho rispetto per il vostro lavoro ma voi dovete averne per il mio. Ci metto mezza giornata a fare tutto quel giro, ho una montagna di roba da mettere a stendere e se passo da questo ponte sono a casa mia in cinque minuti. Fatemi passare."

Il soldato che ci parlava aveva le spalle più larghe e la faccia più vuota che avessi mai visto. Ma ce n'era un altro a guardia del ponte, che sentendo discutere si è avvicinato. Era un tipo alto e magro, sicuro di sé e dei suoi baffetti curati con la pomata.

"Che succede con la bella signora?" ha detto questo secondo soldato. Mentre ci raggiungeva, ho visto che guardava la mamma con un certo interesse. La squadrava da capo a piedi come se la misurasse.

"Non può risalire il ponte se ha un mezzo con le ruote," ha ribadito quello con la faccia vuota. Il tipo coi baffetti continuava a guardare la mamma. Si è stretto nelle spalle.

"E allora noi togliamo queste ruote," ha detto.

Non potevo credere che lo stessero facendo davvero. Hanno smontato le ruote dal carretto della Nena, poi quello grosso si è caricato il tavolaccio sulla schiena, con sopra tutta la biancheria bagnata, l'ha portato dall'altra parte del ponte e lì hanno rimontato le ruote.

Il soldato coi baffetti ha fatto un inchino alla mamma. Lei ha ringraziato, ma solo perché era costretta.

La scena si è ripetuta altre volte nei giorni seguenti. Solo che adesso, mentre eravamo a lavare, il tipo coi baffetti si appoggiava alla balaustra del ponte e cercava di attaccare bottone: commentava il nostro lavoro, raccontava aneddoti senza sugo o faceva domande del tutto fuori luogo. La mamma rispondeva a monosillabi, senza dargli corda. Era chiaro che era infastidita da quelle attenzioni. Eppure il soldato non faceva neanche una piega di fronte alla sua ostentata freddezza. Anzi, invece di ritirarsi, sembrava stimolato dall'indifferenza della mamma. Insisteva per aiutarla a caricare e scaricare la roba da lavare, o per attaccare Modestine, e nonostante la mamma rispondesse che non ce n'era bisogno perché potevamo fare da sole, quello non perdeva occasione per passarle accanto e sfiorarle un braccio o toccarle la mano. L'ultima volta che ho accompagnato la mamma a lavare si è spinto fino a cingerle la vita con la scusa di aiutarla a risalire il pendio della riva. La mamma si è strappata la sua mano di dosso e l'ha gettata lontano, come fosse un ragno velenoso.

"Non si permetta mai più!" gli ha urlato. E quello si è messo a ridere sotto i baffi.

"Facciamo le preziose, eh, Antonia. Anche se siamo delle austriacanti e dovremmo mostrare più collaborazione con i bravi soldati italiani che ci proteggono…"

Di nuovo quella parola. La mamma ha chiuso gli occhi un attimo, e quando li ha riaperti erano di un azzurro più cupo. Non ha risposto e non si è voltata. Però quel giorno non ci siamo fermate lì a smontare le ruote del carretto. Seguendo il passo di Modestine siamo scese fino all'incrocio con l'altra strada e abbiamo fatto tutto il giro lungo per rientrare in paese.

Per un po' la mamma non è più tornata a lavare al Cormor. Fino al lunedì di quella maledetta settimana.

Io non ero con lei perché dovevo finire delle divise da Assunta. Nessuna delle altre donne era libera per aiutarla, così la mamma è andata da sola. Ha portato Mafalda con sé, per tenere ferma Modestine mentre sistemava la biancheria sul carretto.

Non so cosa sia successo.

Ho cercato di farmelo raccontare da Mafalda, ma è stato inutile. So solo che sono rientrate prima del solito e la mamma era nervosissima, si muoveva con gesti bruschi, tenendo lo sguardo fisso sul paiolo della polenta o su un angolo della tovaglia, mentre Mafalda era stranamente silenziosa.

Probabilmente il soldato coi baffetti si era spinto troppo in là. Probabilmente la mamma questa volta non aveva solo respinto le sue proposte, ma aveva reagito. Forse l'aveva insultato. Forse picchiato. Si può picchiare un soldato?

Il giorno dopo hanno bussato alla porta. Era un carabiniere. Teneva in mano una carta da consegnare alla "signora Zuliani Antonia coniugata con Melchior Domenico". Io e la mamma siamo rimaste impietrite: abbiamo pensato che fosse una lettera per dirci che qualcosa di terribile era accaduto a papà, o ai miei fratelli, o a tutti e tre. Invece era un mandato di arresto: la mamma doveva seguire il carabiniere fino alla Prefettura di Udine e rimanere in stato di fermo finché non fossero stati fatti degli accertamenti sulla sua persona. Era accusata di essere "filoimperiale", cioè di parteggiare per gli austriaci, e anche sospettata di essere una spia. Era una manovra di vendetta del soldato coi baffetti. Per forza. Maledetto. Ho sperato che cadesse giù dal ponte, che il ponte gli cadesse addosso, che il torrente se lo portasse via, lui e i suoi baffetti disgustosi. La mamma ha cercato di difendersi ma le sue proteste non sono servite a niente: il carabiniere le ha ordinato di muoversi. La mamma ha fatto appena in tempo a correre nell'altra stanza, prendere scialle e fazzoletto e scrivere qualcosa su un biglietto che mi ha messo in mano dicendo:

"Se non torno, andate da lei. Porta Mafalda con te. Non separatevi."

Le si è incrinata la voce e mi ha abbracciato forte. Io ho sentito i muscoli che mi abbandonavano, come fossero radici masticate dall'acqua. Dove la portavano? Cosa le avrebbero fatto? Cosa avremmo fatto noi? Un'angoscia senza fine mi scavava il petto, mi sono sentita cadere in uno strapiombo. Cadere, cadere, cadere…

"Mamma?" è stato tutto quello che sono riuscita a dire. Poi i singhiozzi mi hanno tagliato la gola e la mia voce si è strappata. La mamma ha sciolto i pugni di Mafalda, chiusi sulle pieghe della sua gonna.

"Mi raccomando, fai la brava, bambina mia," le ha detto, baciandole le mani tra le lacrime.

E poi il carabiniere se l'è portata via.

"Don Andrea! Don Andrea!"

Non sapevo a chi altro rivolgermi. Per fortuna l'abbiamo trovato subito, in canonica. Ci ha guardate da sopra i suoi occhialini tondi e il suo bel sorriso è evaporato.

"Che succede?"

Prima che riuscissi a prendere fiato tra le lacrime, ha parlato Mafalda:

"La mamma è stata arrestata perché non ha voluto fare un bambino con il soldato del ponte."

Sono diventata tutta rossa. Ma come le era venuto in mente di dire una cosa del genere? E per di più a un prete! Meno male che don Andrea non si è scandalizzato. Ci ha fatte sedere sulla panca di legno, nella penombra della canonica, ha controllato che fuori non ci fosse nessuno ad ascoltare e ci ha chiesto di raccontargli tutto.

Sono partita precisando che non sapevamo se c'entrava proprio il soldato, ma che comunque qualcuno l'aveva denunciata, accusandola di essere un'austriacante, e che l'avevano portata via. Don Andrea ha sibilato tra i denti, col suono di una gomma di bicicletta bucata.

"Non vi hanno detto dove l'avrebbero mandata?"

"In Prefettura a Udine."

"Intendo dire… dopo."

"Dopo che cosa?"

Don Andrea ha controllato di nuovo che nessuno stesse origliando e si è seduto sulla panca vicino a noi.

"Stammi a sentire, Jolanda. Ho un amico" – e qui ha abbassato la voce – "un prete, un bravo prete, con una parrocchia ben avviata, la stima di molti fedeli, una vita onorata… Ebbene, solo perché una domenica a messa ha detto che bisognava pregare perché arrivasse l'ora della pace e che la pace era il sommo volere dell'amore di Dio… Ecco, solo per questo è stato accusato di essere contro la guerra e di lavorare per gli austriaci demoralizzando l'animo degli italiani. È un momento difficile. I comandi militari vedono spie e traditori dappertutto, non si fermano davanti a niente. Non c'è neanche da sperare in un processo, non hanno tempo di fare processi."

"Ma la mamma non ha mai parlato né di pace né di guerra! Perché l'hanno arrestata?"

Ha scosso la testa: "Sicuramente è bastato che quel soldato sollevasse dei sospetti. Avrà raccontato che è originaria di Grado, ci avrà aggiunto qualche menzogna… Tutti sanno che Grado era chiamata la spiaggia di Vienna e che molti suoi abitanti sono di cuore austriaco… E questo più quello è stato sufficiente a fare un'accusa."

"Ma cosa le faranno? Dove la portano? Cos'è successo al vostro amico prete?"

Don Andrea si è tolto gli occhiali e si è asciugato il sudore sulla fronte con il suo fazzoletto bianco. Senza occhiali non mi vedeva molto bene, così invece di guardarmi negli occhi lasciava galleggiare lo sguardo come se seguisse una formica che mi girava sul viso. Forse così pensava di riuscire meglio a dirmi quello che doveva dirmi:

"Il mio amico prete è stato internato, Jolanda. Vuol dire che l'hanno mandato nell'interno dell'Italia. In Abruzzo."

"In Abruzzo!" ha esclamato Mafalda con orrore. "So dov'è. L'ho visto sulla carta dell'Italia appesa in classe. È lontanissimo!"

La voce di Mafalda si è rotta in pianto. Immaginare la mamma così lontano sulla carta geografica le ha finalmente dato la misura della disgrazia.

Ho fatto per asciugarle gli occhi e mi sono accorta che in mano stringevo ancora il biglietto che la mamma mi aveva dato prima di andarsene. Era madido di sudore e lacrime. L'ho aperto.

"Adesso voi state tranquille," ha continuato don Andrea. "Lasciate fare a me. Domani andrò a Udine, farò delle ricerche. Parlerò con un monsignore che conosco bene, passerò in Prefettura... insomma, tenterò tutte le strade possibili. Vi prometto di tornare con qualche novità e..."

"*Adele Sartori*... Chi è? La conoscete, don Andrea?"

Gli ho teso il biglietto. Accanto al nome c'era un indirizzo: *piazzale Cella, Udine*.

"La mamma ha detto di andare da lei se la... se noi... se non... se non torna."

Don Andrea ha piegato il biglietto e l'ha infilato nella tonaca.

"Non so chi sia, ma non sarà difficile da scoprire. Domani farò anche questo. Ora seguitemi in chiesa, andiamo a dire una preghiera. E speriamo che qualche santo abbia tempo di ascoltarci."

Quella notte, io e Mafalda abbiamo dormito abbracciate sulla panca della cucina. A tratti mi svegliavo e non riuscivo bene a riconoscere la realtà dai brandelli di incubi che mi riempivano di amaro la bocca. La prima cosa che ho visto, insieme all'alba, è stata la scatola dei biscotti Delser. Era vuota da un pezzo, ma la mamma l'aveva lasciata sulla mensola del camino, come un ricordo prezioso. Ho avuto un lampo: la Regina! Era nostra vicina di casa, e forse... Mi sono vestita in fretta e furia, lasciando dormire Mafalda, e mi sono precipitata a casa di Ines.

L'ho trovata sulla porta, già pronta per andare a Villa Linussa. Le ho raccontato tutto. Mi ha abbracciata.

"Povera Jole, che ingiustizia. E adesso?"

"Tu vedi il Re e la Regina ogni giorno. Puoi parlare con loro? Glielo racconti? Puoi chiedere che facciano qualcosa per noi?"

"La Regina non c'è, e chissà quando tornerà a Villa Linussa. Il Re parte ogni mattina prestissimo per il fronte e rientra la sera tardi. Non lo incrocio quasi mai. Ma farò tutto quello che posso, Jole, te lo prometto. Tu intanto dimmi chi è quel vigliacco che l'ha fatta denunciare. A lui ci penso io."

È stato il mercoledì più lungo che io ricordi. Mi sono buttata sul lavoro per distrarmi, ma facevo un errore dietro l'altro. Completando l'orlo a un lenzuolo ho perfino confuso un lato con l'angolo, ed è venuto fuori un pasticcio. Assunta mi guardava in tralice, ma non diceva niente. Sapeva già. Tutti sapevano, in paese.

Mafalda se ne stava seduta in disparte, con le mani in grembo, come una povera cosa. Non voleva cucire. Ogni tanto si alzava a guardare dalla finestra verso la strada, per vedere se per caso don Andrea era di ritorno.

Non ci siamo preoccupate di mangiare. Nessuna delle due aveva fame. Al calare del sole siamo andate ad aspettare don Andrea fuori dalla canonica. *Tu tramontis tu soreli, tu tu cjalis par duc' cuanc'...*

"La mandano in internamento a Firenze. È un po' più vicino dell'Abruzzo, Mafalda, ma è comunque distante. No, non sono riuscito a incontrarla. Ho parlato col monsignore che è parroco alla chiesa delle Grazie. Conosce molte persone. Ha detto che proverà a scrivere a qualcuno del ministero, a Roma, per farla tornare a casa presto... ma per il momento la macchina è stata messa in moto e non si può fare nulla per fermarla." Don Andrea ha ripreso fiato. Credo che volesse farci digerire la notizia. Poi ha continuato: "Ma c'è anche qualche buona novità. Ho trovato la signora Adele Sartori. Sembra che sia una specie di vostra parente. Sapevate di avere una zia?"

Fuori fuoco 5
Volto di donna, 1917

Non si tratta di un ritratto scattato nello studio. In questo caso l'autore della foto ha colto il viso della donna all'aperto, per la strada. Si intravede infatti sullo sfondo l'insegna di un'osteria. La donna del ritratto è molto anziana, porta i capelli stretti in una crocchia, ha il viso largo, con le ossa forti, gli zigomi alti. La cosa che colpisce di più sono i suoi occhi: di un colore indefinito, leggermente velati. Lo sguardo è rivolto verso il fotografo, ma nonostante l'espressione sia quasi dolce è uno sguardo diretto, deciso, che perfora l'obiettivo come se vedesse oltre. In questo caso a essere fuori fuoco non è il soggetto della foto, ma il fotografo stesso.

Siamo partite per Udine, io e Mafalda, insieme a Modestine: andavamo da questa misteriosa zia Adele, che non era veramente nostra parente di sangue, ma in qualche modo aveva conosciuto la mamma da bambina, le si era affezionata e la considerava come una nipote. Era strano che la mamma non ci avesse mai parlato di lei. Ma don Andrea ci aveva detto che questa zia Adele era stata subito molto disponibile ad accoglierci e ad aiutarci. Così avevamo obbedito alle parole della mamma e ci eravamo messe in viaggio.

Tornare a Udine con Modestine è stata un'impresa. Sembrava che volesse fermarsi a salutare ogni ciuffo d'erba che riconosceva sulla strada, e nemmeno Mafalda, con tutti i suoi linguaggi segreti, riusciva a convincerla a ripartire. Senza il carretto di Nena attaccato ai garretti e senza le altre donne intorno, come ai tempi del mercato, la camminata verso Udine in quel verdissimo giorno di agosto doveva sembrarle una libertà premio.

Le avevamo fissato in groppa due lenzuola annodate a mo' di sacco, e dentro ci avevamo messo un po' di nostri vestiti, tre chili di farina e la scatola dei biscotti Delser. Dentro la scatola di latta avevo messo tutti i nostri risparmi, compresi quelli guadagnati con la vendita dell'asinello, e in cima a tutto la foto di famiglia che avevamo fatto nello studio Pignat prima che papà e Antonio partissero per la guerra. Non avevamo molto altro da portarci dietro.

Siamo arrivate a Udine verso la fine del pomeriggio. Abbiamo attraversato la piazza del mercato e il centro della città, puntando verso mezzogiorno, fino all'osteria di piazzale Cella. Don Andrea ci aveva detto che la casa di Adele Sartori era proprio accanto all'osteria: una casa a due piani, di mattoni rossi, con le imposte verde salvia. Dovevamo bussare, tre colpi forti e due leggeri, per farci riconoscere.

Quando si è aperta la porta, ho pensato che Adele Sartori fosse la donna più vecchia che avessi mai visto. La pelle del viso aveva un bel colore, ma era segnata da così tante rughe che a guardarle ti perdevi. I capelli candidi erano raccolti in una treccia arrotolata più volte sulla nuca, dovevano essere lunghissimi. Non portava il fazzoletto sulla testa. Nemmeno il vestito era di quelli che mettevano di solito le donne anziane: indossava una specie di ampio grembiule di un colore pallido, blu lavanda, chiuso sul collo da una spilla rotonda. La cosa più sorprendente erano le sue mani: nonostante fossero scarne e nodose, senza più polpa sotto la pelle, si muovevano con l'agilità e la delicatezza di due libellule. Le mani sono state la prima cosa che mi ha colpito e la prima che ho incontrato: appena aperta la porta, le sue mani ci sono venute incontro e ci hanno sfiorato la testa, poi le guance, gli occhi, gli zigomi, le orecchie, le sopracciglia... Adele Sartori era cieca.

Ha fatto una carezza a Mafalda e poi si è fermata più a lungo sul mio viso.

"Antonia..." ha detto, sottovoce. Poi ha annuito, come se il mio viso rispondesse a una domanda che conosceva solo lei. Ha sentito il fiato di Modestine e ha cercato conferma nella cavezza che stringevo tra le mani. "Un'asina, vero? Brava bestia. Legatela nel cortile qui dietro. E poi entrate, bambine. Avrete fame."

Anche la sua voce era come le mani. Vecchia e giovane.

Non so da quanto tempo non mangiavo così tanto. E un pane così buono! Ultimamente per colpa della guerra avevano ordinato di risparmiare sulla farina e di fare il pane con tanta crusca. Era diventato quasi impossibile da inghiottire. Quello di zia Adele invece era tenero, soffice, perfino un po' dolce. Mafalda lo masticava avida, e si mangiava con gli occhi quello che era ancora sul tavolo.

Zia Adele ci guardava, con la testa reclinata che tentennava leggermente, come se dentro i pensieri si muovessero in tondo. Dico che ci guardava, ma ovviamente non è vero: nella penombra della casa credo che i suoi occhi non distinguessero nemmeno le forme. Eppure sembrava che ci fissasse nel profondo, quasi che vedesse più di quanto la nostra presenza poteva raccontare.

Ha aspettato che finissimo di mangiare, poi ha voluto che le raccontassimo tutto dall'inizio: dell'Austria, di papà, dei fratelli, del Re, del mercato, del ponte e per ultimo del carabiniere che aveva arrestato la mamma.

Ha ascoltato senza commentare e senza chiedere niente, continuando solo a dondolare la testa con quel piccolo ritmo silenzioso. Non si capiva se annuisse o seguisse le parole come una musica. Alla fine però ha fatto una domanda. Una sola. Del tutto inaspettata. Con quella sua voce che affondava precisa e calma come una lama calda nel burro ci ha chiesto:

"E di tutto questo vostra nonna non ha saputo niente?"

Mafalda ha trattenuto un risolino. I genitori di papà, nonna Teresa e nonno Gelindo, per noi erano sempre stati solo due foto che ci guardavano da una grande cornice ovale appoggiata sulla mensola della stufa.

"La nonna e il nonno sono morti prima che io nascessi," ho spiegato a zia Adele, trafiggendo con uno sguardo Mafalda che si teneva le mani sulla bocca per non ridere. Zia Adele ha scosso la testa:

"Non parlo di loro. Parlo della mamma di Antonia. La mamma di tua mamma."

La mamma di... mia mamma. Aveva una mamma? Per forza. Era assurdo, ma il pensiero non mi aveva mai sfiorato prima. A casa nostra nessuno aveva mai parlato di un'altra nonna, né viva né morta. Chi era? Dov'era? Perché la mamma non l'aveva mai nominata? Le domande mi bruciavano in bocca, non sapevo da quale cominciare. Mafalda aveva smesso di ridere, ora. Mi guardava interrogativa, aspettando che io dicessi qualcosa. Zia Adele ha tradotto il nostro silenzio:

"Non sapete nulla di vostra nonna?"

"Noi… no. Chi… Dov'è?"

Speravo che zia Adele ci raccontasse qualcosa in più, invece ha sospirato rumorosamente e ha chiuso il discorso con aria assorta:

"Vostra nonna… chissà. Povera Antonia. E non vi ha detto niente! Avrà pensato che fosse meglio così." Si è scossa un pensiero di dosso, e ha continuato con voce di colpo vivace. "Comunque, bimbe mie, ora si è fatto tardi. Gli affari di famiglia sono matasse che richiedono tempo lungo per essere dipanate. Sentite le campane? Tra poco sarà ora di andare a dormire, dobbiamo prepararci. Io sono vecchia, faccio le cose lentamente e mi stanco subito. Ci penseremo domani. Al piano di sopra trovate un materasso, spero che riusciate a starci in due. Le lenzuola sono nel secondo cassetto, vicino all'armadio. Io rimango a dormire qui in cucina, perché non riesco più a salire le scale. Dormite bene. Domani ci aspetta una giornata impegnativa."

"Andiamo dalla nuova nonna?" ha chiesto Mafalda, che non si lasciava ingannare facilmente da un tentativo di cambiare discorso. Zia Adele le ha preso la mano e ha alzato le sue dita una alla volta:

"Primo, domani cerchiamo un posto coperto per la vostra asina. Secondo, andiamo in città a spedire una cartolina a quel buon don Andrea per dirgli che siete arrivate. Terzo, cerchiamo qualcuno che ci venda un po' di latte, perché tu mi sembri uno stomaco capiente. Quarto, accendiamo una candelina alla Madonna perché vi tenga d'occhio dal momento che io non posso farlo."

"E quinto," ha aggiunto Mafalda, alzando a sua volta il mignolo di zia Adele, "dipaniamo le matasse di famiglia."

Zia Adele ha fatto un mezzo sorriso. Secondo me le piaceva che Mafalda fosse così sfrontata.

"Jole?"
"Sì?"

"Stai già dormendo?"
"Sì."
Era inutile sperare di dormire. Mafalda si agitava come una cavalletta in un sacco. Se aveva qualcosa che le lavorava dentro, il silenzio sarebbe durato poco. Infatti.
"Jole?"
"Mmh."
"Ho pensato che dovremmo festeggiare."
"Festeggiare cosa?"
"Come quando nasce un bambino, no? Hai sentito? Oggi a noi è nata addirittura una nonna!"

I bambini sono incredibili. Certe volte riescono a spazzare via i pensieri più tristi nel tempo di uno sbadiglio. La nostra mamma arrestata, il papà e i fratelli chissà dove in guerra, noi due sole, l'unica persona che poteva aiutarci era una vecchia signora cieca, e lei pensava a festeggiare.

"Mafalda, dormi. Non sappiamo nulla di questa nonna. Chissà dov'è. Magari non c'è più. Magari zia Adele si confonde con qualcun altro. Hai visto com'è vecchia, a una certa età i ricordi si mescolano come farine nel pane."

"Tu non capisci, Jole. Io lo so che domani sarà una giornata indimenticabile."

Su questo se non altro aveva ragione.

Solo che l'indomani non siamo andate ad accendere candele, né a spedire cartoline, né a comprare del latte, né tantomeno a cercare una nonna. Perché l'indomani alle nove del mattino il sole era già caldo, alle dieci zia Adele è rientrata dall'orto, alle dieci e mezza abbiamo messo la cavezza a Modestine, e alle dieci e quarantacinque minuti, nell'istante esatto in cui mettevamo piede in strada, il mondo intero è saltato in aria.

Un fragore infernale e poi un altro, vetri infranti, urla, pietre, schegge, scarpe che strappano via i piedi. Boato, sfascio, schianto, di aria e di pietre, pugni serrati, saliva di paura. Pelle contro terra, graffi, grida, sangue, e poi un altro scoppio e dappertutto polvere, polvere, polvere, detriti, fumo, panico, nero.

Erano le dieci e quarantacinque del 27 agosto 1917, e saltava in aria il deposito di munizioni di Sant'Osvaldo, alle porte della città. Bombe, granate, gelatine esplosive, proiettili di ogni calibro, accatastati nella scuola elementare e in una villa di fronte al manicomio, forse per distrazione di un soldato con la sigaretta accesa avevano preso fuoco uno dopo l'altro, uno sopra l'altro, dando la carica a un'esplosione immensa, senza fine. Tonnellate di bombe lanciate verso il cielo, e che dal cielo ricadevano giù, infuocate, folli, terrificanti, seminando frantumi di morte e distruzione per chilometri e chilometri. Dove cadevano portavano incendi, rovine, schianti. Una tempesta improvvisa di frantumi maledetti pioveva sulla testa e sulle case della gente, a Udine e in molti paesi intorno. Frammenti di proiettili furono scaraventati fino a venti chilometri di distanza.

E non finiva più. Le bombe incendiavano altre bombe. Depositi di munizioni erano dappertutto, seminati nel quartiere, una serpentina che si snodava tra casa e casa e che diventava una sola vena pulsante d'inferno.

Le esplosioni sono continuate per sette ore. Ma le prime sono state le più tremende.

Gli scoppi hanno preso tutti alla sprovvista. Non c'era stato un attacco di aerei, non c'era stato un allarme. La gente si è messa a fuggire all'impazzata dalla città, senza sapere da che parte andare, dove fosse il pericolo e dove la salvezza. Tutti correvano, come topi soffocati dalla paura.

Col primo scoppio siamo cadute a terra tutte e tre, Modestine è scappata in preda al terrore, e i vetri delle finestre ci sono esplosi addosso. Ho cercato di rialzarmi ma tremava tutto, come se un terremoto scuotesse la pelle della terra. Mafalda urlava il mio nome. Zia Adele la cercava con le mani.

"Scappate! Presto! Andate via!" diceva zia Adele, che non poteva vedere cosa stava accadendo. "Scappate via, voi che potete!"

E poi c'è stato il secondo scoppio, è crollato il tetto della casa e non ho visto più niente.

Ero caduta di nuovo e avevo battuto la testa. Devo essere rimasta svenuta per qualche minuto, finché tra i colpi che martellavano l'aria è arrivata di nuovo la voce di zia Adele, questa volta più vicina.

"Jolanda! Mi senti, Jolanda? Mafalda… Tua sorella si è fatta male… Aiutami!"

Rumore di crolli. Ho aperto gli occhi. Fumo dappertutto.

Mi sono trascinata alla cieca finché le mani hanno incontrato qualcosa: zia Adele teneva Mafalda tra le braccia, con fatica. Mafalda non era svenuta, ma era così spaventata che quasi non respirava. Ansimava, in affanno, e gemeva, senza muoversi. Zia Adele ha percorso a tastoni il suo corpo.

"È la gamba, Jolanda! Ha la gamba bloccata!"

La gamba di Mafalda era sepolta sotto un mucchio di tegole e sassi.

"Non muoverti," le ho ordinato, anche se non ce n'era bisogno. Mafalda era priva di forze. "Zia Adele, non tirare, tienila solo su, io provo a liberarla."

Spostavo macerie a mani nude, usandole come fossero una vanga. Dovevo fare in fretta, perché un terzo colpo avrebbe potuto farci cadere la casa addosso. E mentre ero lì, a respirare fumo lottando contro il tempo e la paura, mi è venuto un pensiero assurdo. Ho pensato: grazie al cielo. Perché la casa non ci era già caduta addosso, perché se tutto fosse successo anche solo cinque minuti prima, mentre eravamo ancora dentro, saremmo forse rimaste schiacciate dal tetto. Perché Mafalda avrebbe potuto essere sepolta tutta, e non solo una gamba. Lo so, sembrava assurdo, ma in quel momento di terrore questi pensieri sono riusciti non so come a darmi coraggio.

Intanto gli scoppi continuavano, ed era la fine del mondo. Sembrava un attacco di mille cannoni, furiosi, spietati. Un fiume di gente arrivava dal lato sud del piazzale, urlando, piangendo, sferzando i cavalli imbizzarriti e tirando carretti pieni di feriti e di bambini in lacrime. Chiedevo aiuto, ma nessuno mi sentiva. Un uomo anziano si è avvicinato barcollando in mezzo al fumo:

"Adele? Siete voi?" ha chiesto, tossendo. "Sono Giovanni, mi riconoscete? Quello della Maria. Alzatevi, Adele, appoggiatevi a me. C'è qualcun altro con voi? È una tragedia, sono saltati i depositi, ha preso fuoco tutto. Sulla ferrovia c'è un treno di gas asfissianti, se salta anche quello siamo morti sul colpo, come mosche. Bisogna andare via, subito. Quante siete? Voi tre? Venite con me. Vi faccio posto sul carro. C'è su mia moglie, è malata... Sono riuscito a portarla via da casa... È una tragedia. Una tragedia."

Ci siamo sistemate sul carretto, vicino a un fagotto di coperte che doveva essere la moglie di Giovanni. Ogni tanto dalla cima del fagotto uscivano deboli lamenti. Per fortuna il cavallo si lasciava guidare. Giovanni parlava, parlava, con voce concitata, a singhiozzi. Raccontava che il quartiere di Sant'Osvaldo era stato raso al suolo. Le case distrutte. Dove prima c'era la scuola elementare, quella che serviva da deposito per le munizioni, c'era solo un buco. E poi faceva i nomi di gente che poteva essere morta, di altri che aveva visto fuggire per la strada. Diceva che dall'ospedale militare, quello che avevano messo al posto del manicomio, si trascinavano fuori soldati feriti che finivano a morire nei fossi. Raccontava, e poi ricominciava da capo gli stessi racconti. Non so se lo facesse per zia Adele, che non poteva vedere, o perché aveva anche lui gli occhi accecati da tutto quell'orrore.

Non sapevo dove stavamo andando. Eravamo nel mucchio di quelli che scappavano. Le esplosioni scaraventavano la gente fuori dalla città, proprio come i detriti lanciati dalle bombe. Ho tenuto Mafalda abbracciata per tutto il tempo, cercando di tranquillizzarla, mentre continuava a piangere e a chiamare Modestine. Io non avevo più parole. Mi veniva in mente solo la ninnananna di Antonio e la ripetevo come una preghiera, finché le sillabe si sono sciolte in suoni, e non ci sono state neanche più quelle. *Tu tramontis tu soreli, tu tu cjalis par duc' cuanc'...*

Ho cominciato a sentire il dolore solo dopo un po'. All'inizio era vago, come un prurito che brucia. Poi è diventato sempre più forte, vivo, lancinante. Mi sono guardata le mani. Erano coperte di sangue.

Nello stesso istante, come se mi avesse letto nel pensiero, zia Adele mi ha cercato il braccio e l'ha tastato con delicatezza, dal gomito alle dita. Ho cominciato a tremare. Le mie braccia erano piene di tagli e sangue rappreso. Le mani gocciolavano sangue sulla gonna. La pelle, imbrattata di polvere e terra, era strappata in più punti, un firmamento di piccole ferite aperte sulla carne. Tutto quel sangue. Stavo per svenire di nuovo.

Zia Adele si è tolta il grembiule e con quattro colpi secchi lo ha ridotto in strisce, mi ha pulito le mani alla bell'e meglio e le ha fasciate strette strette con quelle bende improvvisate.

"Santiddio, bambina! Che tagli ti sei fatta... Sei caduta sulle lastre rotte delle finestre."

Volevo dirle che non ero più una bambina. Che cosa stupida da pensare in quel momento, no? E poi finalmente sono riuscita a piangere.

Fuori fuoco 6
Veduta della pianura da Villa Linussa, 27 agosto 1917

L'immagine è stata scattata dal Re in persona, grande appassionato di fotografia, dalla sua torretta di avvistamento allestita a Villa Linussa. Riprende la pianura friulana in direzione di Udine, di cui si riesce a identificare chiaramente la sagoma del Castello benché il profilo della città occupi solo una piccola parte dell'inquadratura, nel lato basso. Tutto il resto dell'immagine è dedicato a una densa, altissima nube scura, che si innalza all'orizzonte, oltre la città, e divora gran parte del cielo. L'immagine è interamente fuori fuoco. Probabilmente Vittorio Emanuele III ha commesso tale imprecisione perché era combattuto tra il desiderio di immortalare la scena e quello di seguire direttamente ciò che stava accadendo sotto i suoi occhi.

Siamo rimaste ospiti per qualche giorno in una casa di contadini, fuori città, non so nemmeno dove. Credo che non ci fossimo allontanati molto, perché dalla loro stalla si vedeva l'angelo del Castello. Ci hanno accolto e ci hanno dato da mangiare e da dormire come fossimo della famiglia.

Zia Adele sarebbe voluta rientrare a Udine già il giorno dopo, per vedere cosa era accaduto alla sua casa, ma Giovanni gliel'ha impedito: aveva sentito dire che in stazione erano scoppiati anche i vagoni di gas asfissianti. Invece poi si è saputo che non era vero, hanno detto che erano riusciti a spostare il treno appena in tempo.

"In tempo di guerra più bugie che terra!" ha commentato Giovanni. "C'è gente che semina la paura di mestiere: così le brave persone scappano, lasciano le case vuote, e loro ne possono approfittare. Adele, domani porterò mia moglie in ospedale. Se volete portiamo anche le ragazze."

Zia Adele ha scosso la testa:

"No, no, niente ospedale. Possiamo cavarcela da sole. Gli ospedali sono già pieni di gente. Avete letto la lista dei feriti sul giornale? È lunga così. E io non mi fido dei medici. La maggior parte impara la vita sui libri e poi non guarda la gente negli occhi."

Detto da lei, che comunque non ci vedeva, sembrava quasi una cosa buffa. Bisogna dire però che zia Adele aveva i suoi metodi, e funzionavano, almeno con me: mi aveva spalmato sulle mani un impasto fatto con lardo e foglie di achillea, e nel giro di tre giorni le ferite cominciavano già a rimarginarsi. Anche la gamba di Mafalda migliorava, grazie a un impacco di fiori di malva e foglie di piantaggine non zoppicava quasi più. Solo per la moglie di Giovanni zia Adele non era riuscita a fare molto. La donna continuava a tossire e a gemere, e a tremare di freddo nonostante l'afa di agosto. Zia Adele le ha toccato la gola e il torace, le ha fatto alcune domande a bassa voce, con quella sua voce che non si irrigidiva neanche sulle consonanti. Poi è uscita dalla stalla.

"Cosa dite, Adele? La porto all'ospedale?"
Questa volta zia Adele non ha detto di no.

In casa dei contadini che ci ospitavano c'era il giornale. Arrivava tutti i giorni con la posta. Il padrone di casa lo leggeva ad alta voce la sera, per quelli della famiglia e per altri del paese che venivano apposta ad ascoltare. Ho chiesto se potevo vedere i giornali dei giorni prima. Mafalda non si dava pace all'idea di aver perso Modestine e io non sapevo cosa fare per ritrovarla. Se c'era la lista dei feriti, ho pensato, forse c'era anche quella dei dispersi e dei ritrovati. Magari anche degli animali. Ho preso il giornale del 28 agosto. Mi aspettavo di trovare in prima pagina la notizia dell'esplosione, invece non c'era nulla. Voglio dire, c'erano gli articoli sulla guerra al fronte, sulle perdite degli austriaci, perfino sull'esportazione dei suini. Ma sullo scoppio del deposito di munizioni di Sant'Osvaldo nulla. Ho girato pagina: forse avevano scritto qualcosa nella cronaca cittadina. Niente. C'era la lista dei morti e dei feriti del giorno, tremendamente più lunga di qualsiasi altra giornata. Ma neanche una parola sulle cause. Nulla di nulla. Forse il giornale non aveva fatto in tempo a inserire la notizia? Ho preso la copia del giorno dopo, 29 agosto: niente neppure lì. Per un attimo ho avuto l'angoscia di vivere in un incubo e che fosse tutto frutto della mia immaginazione. Il giornale non spendeva una parola. Una. Per tutto quel disastro.

Quando l'ho raccontato a zia Adele, lei ha fatto un sorriso amaro. Mi ha chiesto se avevo mai sentito pronunciare la parola "censura".

"Siamo in guerra, bambina. In guerra i giornali sono la voce del comando militare. E il comando non vuole mica che la gente si deprima, leggendo che ci siamo fatti scoppiare un arsenale tra le mani da soli. Vedrai che si inventeranno la storia di qualche aereo nemico che ha lanciato una bomba sul deposito, e poi pubblicheranno la notizia. Mai ammettere i propri errori: è la prima regola di ogni buon comando militare. Con buona pace dei morti, dei feriti e delle famiglie distrutte. Ora vai a chiamare tua sorella, che è andata con la contadina a mungere in stalla. Giovanni ci riporta a Udine."

Censura. Una parola soffocante. Mi ricordava la cenere che si ammucchia nei secchi per fare la lisciva e lavare i panni. La censura lava via le storie delle persone, le loro vite, le loro morti.

E non succedeva solo in guerra: in qualche modo anche la storia di nostra nonna era stata lavata via dalla nostra vita. Io però non me n'ero dimenticata. Aspettavo solo il momento giusto per fare a zia Adele le domande che mi saltavano in petto.

Senza il sipario del fumo, lo spettacolo di piazzale Cella era devastante. Macerie dappertutto. Zia Adele ha voluto che le descrivessimo quello che vedevamo e in particolare i danni della sua casa, le finestre esplose e il pezzo di tetto crollato.

"Sembra un teschio rotto," ha concluso Mafalda.

"Aspettate ad entrare," ci ha raccomandato Giovanni. "Vado a chiamarvi un mio cugino. Ha fatto il muratore tutta la vita, lasciate che dia un'occhiata lui."

Mentre Giovanni ripartiva col carro, abbiamo fatto il giro fino sul retro della casa, dalla parte dell'orto. E lì...

"Modestiiiine!" ha urlato Mafalda. È stato come se qualcuno le avesse messo una molla. Nonostante la gamba zoppicante, Mafalda ha fatto un balzo verso la nostra asina – proprio lei!

Modestine era impegnata a stanare con la punta dei denti i germogli di ortica tra le pietre del muro e a masticarli con devozione, come se non ci fosse niente di più importante al mondo. Quando Mafalda le si è gettata al collo, affondando il naso nella sua guancia vellutata, Modestine si è girata appena e ha spinto il muso sotto il suo braccio. Era il suo modo di festeggiare. Io però non la guardavo più.

I miei occhi erano fissi più in basso, all'altezza dei garretti di Modestine, di fianco al tronco del fico, all'ombra dei frutti del sambuco.

"L'asina," ha detto zia Adele, "non è da sola. C'è qualcuno, vero, Jolanda? Chi è?"

Ero così sbigottita che non riuscivo a muovere le labbra. La lingua mi si era fermata in fondo alla gola. Per la seconda volta in pochi giorni mi sono ritrovata a pensare che stavo sognando tutto. Questo però per fortuna non era un incubo tanto grave.

"Allora, Pajute? Non mi presenti alla signora?"

Cosa ci faceva lì? Da quanto tempo non lo vedevo? Un'infinità di giorni. Un'immensità di mesi. Non ci pensavo neanche più. Insomma, più o meno. Si è alzato in piedi e di colpo mi sono resa conto che era diventato un uomo. Aveva le spalle larghe e la mascella disegnata, si muoveva e spostava l'aria.

"Stai bene, Pajute?"

No no, non stavo bene per niente. Perché mi prendeva con un dito il mento e mi guardava negli occhi in quel modo, come se cercasse dentro qualcosa? Perché mi sorrideva con le labbra così vicine che sentivo il suo respiro? Che non gli venisse in mente di…

L'ha fatto. Ovviamente l'ha fatto.

"Non ti permettere!" ho esclamato, tirandogli uno schiaffo.

"Oh, finalmente. Ci voleva un bacio per stappare la bottiglia dei tuoi pensieri più preziosi? Ma… cosa ti sei fatta?"

Il mio schiaffo l'aveva colpito senza forza, smorzato dalle bende che avevo ancora addosso. Il sorriso gli si è spento per un attimo.

"Niente. Ci è caduto addosso il tetto di casa. E un po' di bombe. Per distrazione. Con buona pace."

Ero veramente patetica. Non riuscivo neanche a costruire una frase sensata. Dovevo reagire.

"Lei è zia Adele," ho detto, indicando alla mia destra. Solo che zia Adele non c'era più.

Sandro è scoppiato a ridere.

"Sono là," mi ha detto, indicando zia Adele, Mafalda e Modestine che nel frattempo si erano spostate sulla strada, ad aspettare il carro di Giovanni. "Ho saputo di tua mamma," ha continuato Sandro, "sono tornato a casa qualche giorno fa e sono venuto a cercarti, ma da voi non c'era nessuno. Ho chiesto a don Andrea: mi ha raccontato cos'è successo e mi ha dato questo indirizzo. Era preoccupato per la storia dell'esplosione. Si sono sentiti gli scoppi fino a Martignacco, si vedeva il fumo altissimo su tutta la città. Be', ho avuto paura per te, Pajute. Ma quando sono arrivato e ho visto la vostra asina mi sono detto che non potevate essere lontane. Era solo questione di aspettare."

Dicendo così mi ha guardato in un modo che mi ha costretto ad abbassare gli occhi.

"Da quando... E Francesco? Dov'è?" ho cambiato discorso.

"Per il momento lavora ancora nei cantieri militari. È bravissimo, non lo mollerebbero mai. Ma tra poco gli arriva la cartolina, parte anche lui."

"Anche?"

"Eh, sì. Ero venuto a cercarti per salutarti, Pajute. Mi hanno chiamato. Vado soldato."

"Ah," ho deglutito. "E dove ti mandano?"

"Non lo so ancora. Prima credo che ci facciano un periodo di addestramento, poi si vedrà. Ma non preoccuparti," ha aggiunto con il *suo* sorriso, "ti scrivo di sicuro."

"Io non…"

"Lo so, lo so. Tu non mi rispondi. Non importa. Cerca però di non sparire nel nulla come stavi per fare… Dove andrete adesso?"

Mi sono stretta nelle spalle.

"Credo che rimarremo qui con zia Adele finché non torna la mamma. Se la casa si può abitare…"

"Ho dato un'occhiata mentre vi aspettavo. Il danno non è molto grave. Avrete bisogno di qualcuno che vi aiuti, però. Se tua zia mi ospita posso fermarmi qualche giorno: i tetti sono la mia specialità."

"Non credo che ci sia posto in casa," ho detto, un po' troppo in fretta. In realtà l'idea che Sandro rimanesse con noi mi rassicurava, ma non volevo che lo capisse. Ha sorriso. L'aveva capito benissimo.

"Pajute, tu parli sempre al contrario," ha detto. "Vado a chiedere a tua zia. E intanto tieni questa, me l'ha data don Andrea per te. Sarebbe indirizzata a tua mamma, ma visto che non c'è…"

Era una lettera di Antonio. Diceva che la vita in trincea era dura, ma che il loro spirito di soldati era mantenuto alto dalla coscienza di essere uomini valorosi e fedeli alla Patria. Molti compagni erano morti, scriveva, ma morivano a testa alta e pieni d'onore, felici di sacrificare la propria vita per una giusta causa. "La vittoria è vicina," concludeva nella sua lettera "così come il nostro ritorno glorioso alla pace delle nostre case e al seno delle nostre famiglie." D'istinto ho guardato verso il piazzale alle mie spalle. Se continuava così, la casa e la famiglia in cui tornare mio fratello Antonio avrebbe dovuto disegnarsele da solo. Per lui la guerra era come una di quelle foto in cui c'è un soggetto in primo piano, bene a fuoco, e tante altre cose sullo sfondo: a fuoco lui vedeva le battaglie, i comandanti, il nemico, il coraggio, la gloria. Noi eravamo lo sfondo, fuori fuoco, sfumati, quasi invisibili.

Sandro era capace di fare di tutto. Ha messo i vetri nuovi alle finestre e ha riparato le tegole del tetto. Poi ha aggiustato tante altre piccole cose: la scala di legno, il chiavistello alla porta, i cerchi del focolare... Zia Adele sorrideva.

Ogni volta che finiva un lavoro, Sandro veniva a cercarmi:

"Faccio rapporto, mio generale: la missione di difesa della porta del bagno è stata portata felicemente a termine. Ho sostituito le assi di legno e ora le galline non ci entrano più."

"Sandro, non è necessario che tu mi venga a..."

"Grazie infinite, mio generale. Le vostre parole di lode sono preziose, ma vi prego di non mettermi in imbarazzo con troppa riconoscenza: la medaglia d'oro sarà per la prossima impresa."

Era impossibile non mettersi a ridere.

Sandro non aveva voluto dormire in casa. Diceva che non era opportuno, per una signora rispettabile come zia Adele, ospitare un giovanotto sotto lo stesso tetto. Un tetto così ben riparato, per giunta. Zia Adele questa volta ha riso di cuore. Ha mandato me e Mafalda a chiedere un materasso in prestito all'osteria vicina, e ce l'ha fatto portare nel capanno degli attrezzi che c'era nell'orto, così Sandro si è sistemato lì.

All'osteria ho scoperto che zia Adele era conosciuta da tutti in quel quartiere. E forse non solo in quello. Le domande hanno ricominciato a girarmi in testa come mosche in un vaso. Finché una sera ho aperto il coperchio.

Eravamo in cucina, a sbaccellare i fagioli. Mafalda era a letto già da un pezzo. Sandro ci raccontava le storie che aveva sentito dai soldati, ma raccontava solo quelle che andavano a finire bene: come quella di un tenente che per sbaglio nella fretta di un contrattacco si era messo l'elmetto di acciaio alla rovescia, e questo l'aveva salvato da un proiettile che altrimenti gli avrebbe trapassato la fronte.

Quando anche Sandro ci ha dato la buonanotte, io e zia Adele siamo rimaste in silenzio. L'unico rumore era il rullio dei fagioli che cadevano dal baccello nel piatto di terracotta.

Le bucce si aprivano come sorrisi tra le dita agili di zia Adele. La fiamma delle candele faceva parlare le ombre delle nostre mani sul muro. Non potevamo avere più luce, perché c'era il coprifuoco, ma a zia Adele la luce non serviva e a me piacevano quei sussurri di fiammella.

Ho preso un bel respiro e ho rotto il silenzio:
"Tu non sei veramente zia della mamma, e lei non ci ha mai parlato di te. Però vi conoscete bene, vero? Vi conoscete da molto tempo."

"Conosco Antonia da quando è nata, mia cara. Anzi, da prima."

"Quindi tu conosci anche nostra nonna. Dov'è?"

Le mani di zia Adele si sono posate sul tavolo insieme al fagiolo ancora chiuso. Tastava il baccello screziato di rosso con cautela, come se tastasse lo scrigno della verità, e dovesse decidere se aprirlo o no per me.

"Nella vita ho conosciuto le storie private di molte famiglie, Jolanda. E ho imparato che non bisogna immischiarsi. Se Antonia ha deciso di non raccontarvi nulla di sua madre, evidentemente ha pensato che fosse meglio così."

"Zia Adele..."

"Non insistere, mia cara."

Non so cosa mi sia successo. Sarà stato il pensiero della nostra famiglia che per colpa della guerra era esplosa come una granata, un pezzo qua e un pezzo là. Sarà stata la mancanza della mamma e il desiderio che qualcuno mi parlasse di lei. Sarà stato il sangue impulsivo di papà, che ogni tanto si risvegliava nelle mie vene quando meno me lo aspettavo… Fatto sta che mi sono alzata di colpo, rovesciando a terra tutti i fagioli. Una cascata saltellante che ha picchiettato sul pavimento col rumore della pioggia quando cade sulle foglie larghe del farfaraccio.

"Zia Adele! Io e Mafalda non sapevamo nulla di te, non avevamo neanche mai sentito pronunciare il tuo nome, e siamo venute a bussare alla tua porta perché ce l'ha detto la mamma, e se la mamma ci ha detto di fare così, invece che di rimanere tranquille a casa nostra, visto che una casa ce l'abbiamo, o di andare da Assunta o da Nena, che sono le nostre vicine e le conosciamo da sempre, se ci ha detto di fare così, l'avrà avuto un buon motivo, o no? Io dico di sì! Io dico che la mamma mandandoci da te voleva proprio che tu ci dicessi qualcosa, che ci raccontassi quello che non sappiamo e che lei non ha avuto il tempo di raccontarci quel giorno, quando l'hanno portata via, visto che un marcantonio di carabiniere armato è venuto a prendersela come se fosse una ladra, come se fosse un'assassina, e invece non aveva fatto niente, niente di niente per meritarsi di essere portata via da casa e separata da noi che siamo le sue figlie e che adesso siamo rimaste sole!"

Mi sono riseduta con un tonfo. D'improvviso ero spaventata io stessa dalla mia irruenza. Me ne sono pentita immediatamente. Ma cosa mi era preso? Col fiato corto, ho sbirciato verso zia Adele. Era immobile, gli occhi sempre socchiusi, come qualcuno che si sforza di ascoltare una musica lontana. O come qualcuno che sta per arrabbiarsi, mi sono detta. Ne avrebbe avuto motivo. Non si parla così a una persona anziana, ma era stato più forte di me.

E invece zia Adele non si è arrabbiata. Ha rotto quel silenzio sospeso con due sole parole:

"Va bene."

E ha schiuso il baccello.

"Tua nonna si chiama Natalia Barich. Da ragazza si è sposata con uno dei migliori partiti della città di Grado, Antonio Zuliani: la famiglia Zuliani possedeva un piccolo albergo, dove molti signori venivano dall'Austria a passare l'estate, per scaldarsi le ossa e respirare aria di mare. Il matrimonio tra Natalia e Antonio era stato combinato con grande soddisfazione dalla famiglia di tua nonna: lei era una ragazza molto bella, ma non veniva da una famiglia ricca. Natalia ha acconsentito al matrimonio, ma a una condizione: ha chiesto di poter continuare a fare il suo lavoro, a cui teneva molto, anche se la posizione del marito le avrebbe consentito di vivere come una signora, senza fare niente. Antonio Zuliani non era uno sciocco, e le ha detto di sì. Ma appena sposati ha cominciato a fare storie. Diceva che non andava bene che sua moglie lavorasse, che questo non faceva bella impressione sui clienti, che lui aveva bisogno di averla a casa per occuparsi dell'albergo, e via di seguito. Ti sei addormentata?"

In effetti ero rimasta immobile ad ascoltarla, un po' incantata dalla sua voce, un po' sorpresa: cosa c'entrava con me tutta quella storia? Io ho ripreso a sbaccellare i fagioli e zia Adele a raccontare.

"Per fartela breve, non molto tempo dopo, Natalia è rimasta incinta di tua mamma, e a quel punto ha dovuto per forza smettere di lavorare. Se mai aveva pensato di fuggire da quel matrimonio, la nascita di Antonia deve averla fatta desistere dall'idea e l'ha convinta a chiudere i rimpianti nel sottoscala. Aveva un grande senso di indipendenza, ma sapeva che da sola non sarebbe mai riuscita a dare alla figlia tutte le possibilità che poteva offrirle la famiglia del marito. Così ha fatto la brava moglie e la brava mamma, per amore di Antonia. Confidava di garantire a sua figlia un futuro di benessere e di sicurezza. Ma non aveva fatto i conti con il destino... E qui entra in scena tuo padre. Insieme ad altri del suo paese, Domenico era venuto a Grado per la festa del Perdono di Barbana, che si faceva ogni anno a luglio. Le barche partivano da Grado, attraversavano la laguna in processione e portavano la statua della Madonna fino al Santuario di Barbana, che sta su una piccola isola lì vicino."

Zia Adele si è interrotta. Ha sospirato e si è passata una mano sulla fronte. Non so se stesse pensando alla festa di Barbana o al seguito della storia, che era quello più importante per me, e forse anche quello che le pesava di più.

"Era una festa molto bella. Ci andava tutta la gente di Grado. Ci è andata anche Antonia, che aveva diciassette anni, i capelli luminosi e un sorriso abbagliante. In breve, si sono innamorati. Ma non è andata bene."

Zia Adele ha ripreso a sfogliare i sorrisi delle bucce di fagiolo.

"Non è andata bene a tua nonna Natalia, voglio dire. Si era tanto sacrificata per consentire alla figlia di fare una vita benestante, e ora Antonia se ne voleva andare con il primo arrivato, un bracciante spiantato e senza prospettive. Non era questo che Natalia aveva in mente. Ma soprattutto, non era questo che poteva risarcirla per tutto quello che aveva dovuto abbandonare: un lavoro che amava, la sua indipendenza, la sua passione. Insomma, sia lei che il marito si sono opposti al fidanzamento. Antonia, che sperava almeno nell'appoggio di sua madre, si è sentita abbandonata. Poi ha pensato che i genitori avrebbero capito il suo amore se fossero stati messi di fronte all'evidenza. Era giovane, ingenua, innamorata: pensava che questo bastasse. Così una notte è scappata con il suo Domenico. Quando sono tornati, il giorno dopo, si sono presentati al portone di casa di Antonia. Hanno bussato. Il portone non si è aperto, ma si è aperta una finestra: Natalia ha scaraventato giù tutte le cose di sua figlia, le ha ordinato di non farsi rivedere mai più, ha richiuso le imposte, e silenzio."

Zia Adele mi fissava. Non so come facesse, dal momento che non poteva vedermi, ma sentivo il suo sguardo che mi attraversava i pensieri.

"Antonia è venuta a chiedere aiuto a me, che ero amica della loro famiglia da tanto tempo. Io l'ho aiutata a partire insieme a Domenico e a trovare un posto dove stare, e da allora tua nonna Natalia non mi ha mai più rivolto la parola e non ha mai più risposto alle mie lettere, neppure a quella che le ho mandato quando è morto suo marito Antonio, qualche anno fa. E questa è tutta la storia e tutto quel che c'è da sapere."

"Dov'è adesso questa nonna?"
"Chissà. Sempre a Grado, forse. Sono tanti anni che non ci torno. Chissà."

La mamma aveva voluto metterci sulle sue tracce per chiederle aiuto? Ma come avrebbe potuto aiutarci quella nonna ostile, che abitava lontano e non si sapeva neppure se fosse viva o morta? O forse la mamma voleva solo che noi conoscessimo la storia? O magari ero stata io a stanare il racconto, per sbaglio, come quando si spalanca una porta in una casa che non si conosce. Oltre a queste domande ce n'era un'altra che aspettava di trovare le parole giuste. C'era qualcosa che mancava, nel racconto di zia Adele. Aveva omesso un dettaglio che mi suonava importante:

"Zia Adele. Che lavoro faceva questa Natalia Barich prima di sposarsi? Quello che le è costato tanto abbandonare?"

Zia Adele ha appoggiato l'ultimo baccello. Ha aperto le mani davanti a sé, mostrandomi i palmi così incredibilmente morbidi. Ha unito le mani a conca come si fa quando si vuole raccogliere l'acqua. E mi ha risposto:

"La levatrice. Faceva nascere i bambini. Ed era la mia migliore allieva."

Ho aperto la finestra della camera. Avevo bisogno di respirare. E così zia Adele nella sua vita aveva fatto la levatrice. Ecco perché nel quartiere la conoscevano tutti e la trattavano con tanto rispetto. Chissà quanti bambini aveva fatto nascere. Tra loro c'era anche mia mamma: zia Adele mi aveva raccontato che aveva seguito tutta la gravidanza di Natalia e che mia nonna aveva voluto avere vicino solo lei, al momento del parto. Natalia... mia nonna. Anche lei aveva fatto la levatrice. Chissà se le sue mani erano rimaste morbide come quelle di zia Adele.

Qualcosa si è mosso nell'orto. Mi sono sporta a guardare. Forse era Modestine... no, c'era qualcuno vicino a Modestine. Ha fischiato: *Tu tramontis, tu soreli, tu tu cjalis par duc' cuanc'...*

"Che ci fai lì?" ho chiesto. "Perché non sei a dormire?"

"Perché la luna nei tuoi capelli mi tiene sveglio, bellezza mia."

Mi sono resa conto che ero in camicia da notte e con i capelli sciolti. Ho fatto un balzo indietro, verso il buio della stanza.

"E tu cosa ci fai alla finestra a contare i grilli?"

"Niente. Stavo controllando se questi vetri sono stati messi su bene."

Ha riso. Adesso lo vedevo meglio nel buio: stava accarezzando Modestine.

"Spero di essere stato promosso sul campo, mio generale."

"Niente da obiettare. Buonanotte."

"Buonanotte."
Non si è mosso. Per un bel po' neppure io.

Qualche giorno dopo ero alla roggia con il cesto delle lenzuola, china sul lavatoio di pietra.

D'un tratto mi sono sentita afferrare alla vita. Ho lanciato un urlo. Per un attimo ho temuto di perdere l'equilibrio e finire in acqua, ma le mani che mi tenevano erano salde sui fianchi e mi hanno avvitata in un mezzo giro finché mi sono trovata faccia a faccia con Sandro.

"Sei pazzo!"

"Proprio no. Sono perfettamente capace di intendere e di volere. Soprattutto di volere."

"Lasciami andare! Cosa penserà la gente… Mollami, sennò urlo!" gli ho sibilato tra i denti.

"Hai già urlato. E la gente penserà quel che deve pensare: che qui c'è un poveretto che sta per partire, e che questa bella ragazza gli vuole dare un bacio indimenticabile prima che lui se ne vada, forse per sempre. Coraggio!"

Non avevo scelta. Mi teneva stretta contro di sé, chiusa nella morsa delle braccia. Non riuscivo neppure ad alzare le mie per spingerlo via. L'unica maniera per venirne fuori era accontentarlo e dargli un bacio. Ho appoggiato velocemente le labbra sulla sua guancia.

"Ecco fatto. Adesso lasciami andare. Subito!"

Si è messo a ridere. Non solo non mi ha lasciata andare, ma mi ha sollevata di peso ed è salito sul lavatoio con me in braccio, come se fossi un fantoccio di stracci.

"Un bacio sulla guancia," continuava a dire, ridendo. "Mi ha dato un bacio sulla guancia!"

Eravamo in bilico sul lavatoio in pendenza. Non osavo divincolarmi per paura di cadere nell'acqua gelida della roggia. Mi restavano solo le parole.

"Mettimi giù, bestione rozzo impertinente…"

"Guardaci, Pajute. Adesso abbiamo anche il piedistallo di pietra: siamo proprio il monumento vivente al bacio!"

"Svergognato ripugnante anim…"

L'anima mi è fuggita via. La bocca non era più mia. Per un tempo incalcolabile il mio corpo è rimasto senza confini, mi sono sentita slacciare le articolazioni, sciogliere la carne, squagliare le ossa, mentre una ragnatela di braci accese mi saettava su per la schiena. Le sue labbra mi divoravano, e io divoravo le sue in un bacio che colmava di sapore un intero nuovo universo, sbocciato nel calore umido che fondeva la mia bocca nella sua.

Non so come, mi sono ritrovata a stringere il suo viso tra le mani. La pelle delle guance grattava appena contro i miei palmi. Era una sensazione deliziosa. Ha scostato il mio viso dal suo e mi ha guardata negli occhi. Per la prima volta gli ho visto uno sguardo smarrito.

"Accidenti, Pajute," ha detto con voce roca. "Ora sì che c'è un buon motivo per restare vivi."

E poi Sandro è partito, e gli ultimi giorni d'estate sono scivolati via come uova di rana prese dalla corrente. A noi sembravano tutti uguali: aspettavamo sempre notizie della mamma, e le notizie non arrivavano. Un paio di volte avevo provato a proporre a zia Adele di andare a Grado a cercare questa nostra nonna. Ma non c'era stato niente da fare: zia Adele diceva che il viaggio era troppo complicato e faticoso per una persona anziana come lei, ed era fuori discussione che io ci andassi da sola o peggio ancora con Mafalda. Non erano tempi per lasciare andare in giro due ragazzine da sole, diceva. Io non ero più una ragazzina, ma questo i suoi occhi non potevano vederlo, e la sua età le impediva di immaginarlo.

In fondo credo che fossero delle scuse. Secondo me aveva paura di qualcosa. Forse di darci una delusione: magari questa nonna non abitava più a Grado, oppure era morta. O peggio ancora, era ancora lì ed era ancora viva, ma invece di aprirci il portone sarebbe stata pronta a chiuderci gli scuri in faccia come aveva fatto tanti anni prima con la mamma.

Poi zia Adele si è ammalata. E a quel punto non c'è stato più nient'altro a cui pensare: bisognava assolutamente che guarisse. Io e Mafalda non potevamo permetterci di perdere anche lei.

"Forse zia Adele morirà. È molto vecchia, vero, Jole?"

"Credo di sì. Ma non vuol dire niente. Ci sono persone vecchie che muoiono e altre che non muoiono."

Ce ne stavamo sedute sulla scala di legno. Da lì vedevamo la cucina e il letto dove era stesa zia Adele. Era appena venuto il medico a visitarla. Non l'avevamo chiamato subito, perché lei non aveva voluto: ci aveva chiesto di mettere a bollire certe sue erbe e di andarle a raccogliere le bacche di rosa canina, voleva guarirsi coi suoi metodi. Ma non era servito, la febbre era salita in un batter d'occhio e ora aveva molto dolore al petto e faceva fatica a respirare. Quando è arrivato il medico, Mafalda è andata ad aprirgli la porta, ma non l'ha fatto entrare subito:

"Voi siete un medico? Avete studiato sui libri?"

"Sì, bambina. Sui libri e sui corpi della gente. Mi fai entrare?"

"Siete capace di guardarmi negli occhi?"

Il medico si deve essere chiesto chi fosse la malata, se la vecchia signora distesa in cucina o questa bimbetta con i capelli scarmigliati che gli faceva domande senza senso.

Quando ha finito di visitare zia Adele ci ha raggiunto sulle scale:

"Temo che si tratti di polmonite," ha detto, sottovoce. "In ogni caso la paziente è molto debole, è bene che si tenga riparata. Datele queste pastiglie con un po' d'acqua, serviranno ad abbassare la febbre."

"Cos'altro possiamo fare, dottore?"

Il dottore ha allargato le braccia:

"Pregare!" ha risposto. "Non rimanete troppo vicino all'ammalata e non usate i bicchieri o le posate con cui le date da bere e da mangiare. E copritela bene."

Appena zia Adele si è riaddormentata, Mafalda mi ha preso per mano e mi ha portato fuori, sul piazzale. Alla nostra sinistra c'era la chiesetta della Pietà. Siamo entrate.

L'odore di incenso ci ha avvolto come un filo di seta. Qualcuno stava provando una musica all'organo e ripeteva lo stesso pezzo come una preghiera. Mafalda è andata verso la cassetta delle offerte, vicino alle candele. Ha aperto il pugno: aveva in mano una moneta da una lira.

"Dove l'hai presa?"

"Ma l'ha data Sandro. Mi aveva detto di usarla per qualcosa di bello."

Ha lasciato cadere la moneta nella cassetta. Il tintinnio del metallo ha risposto al suono dell'organo. Mafalda ha acceso una candelina e l'ha portata sotto la statua della Madonna.

"Facciamo un voto alla Madonna, Jole."

"Va bene. Se zia Adele guarisce, noi andremo a dire il rosario…"

"Al Santuario di Barbana."

"Dove?"

"Al Santuario di Barbana," ha ripetuto Mafalda. L'ho guardata. Continuava a fissare intensamente la statua della Madonna, senza girare il viso dalla mia parte.

"Tu! Hai ascoltato la storia che mi ha raccontato zia Adele?"

"Non riuscivo a dormire. Facevate troppo rumore con i fagioli," mi ha risposto con la sua aria più innocente.

"Bene. D'accordo." Non era certo il momento di farle una predica da sorella maggiore. "Andremo a dire il rosario al Santuario di Barbana."

Ottobre si stava sciogliendo in pioggia. Zia Adele non parlava più, e a parte qualche debole lamento ogni tanto, per il resto non si riusciva a capire se dormisse o fosse cosciente. Le stavamo sempre vicine, una o l'altra. Ci alternavamo a tenerle la mano, perché sentisse che eravamo lì, comunque.

Quando hanno bussato alla porta pensavo che fosse Giovanni o un altro dei vicini, che venivano ogni tanto a portarci qualcosa da mangiare. Mafalda era andata a comperare il granoturco al forno comunale.

"Avanti," ho detto, senza alzarmi.

"Santa Esuberanza, questo portone è proprio pesante!"

"Don Andrea!" Sono scattata in piedi.

"Dammi una mano, figliola. Ho le scarpe piene di fango e la pioggia mi ha inzuppato il mantello, aiutami a toglierlo. Che caldo c'è qui dentro. State dando fuoco ai sette peccati capitali?"

Le sue parole erano scherzose come sempre, ma i suoi occhi non mi ingannavano. Se don Andrea era venuto fin lì sotto quella pioggia poteva solo essere per darci una notizia importante. E poteva essere molto buona o molto cattiva.

È entrato in cucina in punta di piedi. Mi ha chiesto sottovoce della malattia di zia Adele e quando gli ho detto che era polmonite ha storto la bocca in una smorfia. Gli ho offerto un bicchiere di vino e ci siamo seduti al tavolo, uno di fronte all'altra.

"Sapete qualcosa della mamma? Vi hanno risposto dal comando militare?" gli ho chiesto. Ha scosso la testa.

"Per quello ci vorrà ancora un po' di tempo. Ho altre notizie per te."

Mi sono sentita ghiacciare nonostante il caldo della stufa. Il tono della sua voce non prometteva niente di buono.

"Ho ricevuto una cartolina postale da un mio amico che è cappellano militare. Tuo fratello Antonio è stato colpito dallo scoppio di una granata."

"È... è morto?

"No, figliola, no. È grave, ma non è morto. Ha molte ferite all'addome e al torace, per colpa delle schegge. Ora è ricoverato in un ospedale a San Giovanni di Manzano. È un ospedale inglese, sono bravissimi. Vedrai che faranno tutto il possibile per lui e si riprenderà. È un ragazzo forte."

Zia Adele si è agitata nel sonno, e don Andrea ha abbassato la voce:

"C'è però anche qualche bella notizia. Tuo padre sta bene e Francesco è ancora con lui. A Martignacco è tutto a posto. La tua amica Ines mi ha detto di trasmetterti questo messaggio: 'Baffetti ben impomatati col letame.' Cos'è, un codice segreto?"

Ho riso. La vendetta non è una bella cosa, ma

certe volte non se ne può fare a meno. Dietro casa di Ines c'era una grande fossa che usavano per tenere i maiali. Non so come avesse fatto, ma evidentemente Ines era riuscita a spedirci in visita il soldato del ponte, quello che aveva fatto arrestare la mamma.

"E poi ho questo per te, da parte di Sandro. È l'indirizzo del suo battaglione."

Appena don Andrea ha pronunciato il nome di Sandro, zia Adele si è mossa di nuovo. E dalle labbra le è uscito un filo di voce:

"Sandro... Pajute, dov'è Sandro?"

Zia Adele mi parlava! Sono tornata vicino a lei e le ho preso la mano.

"Torna presto, zia Adele. Torna presto."

Mentre lo dicevo, mi si sono riempiti gli occhi di lacrime. Sentivo addosso un miscuglio di emozioni che non riuscivo a tenere a freno, mi scuotevano il petto come conigli presi per le orecchie.

Don Andrea si è rivestito.

"E ora occupiamoci di zia Adele," ha detto, indossando scarpe e mantello. "Vado a parlare con qualcuno che se ne intende." Ed è uscito di casa.

Lì per lì ho pensato che stesse andando a parlare col buon Dio. Invece un'ora dopo è tornato con una boccetta di vetro piena di un olio ambrato dall'odore così intenso che dava il mal di testa anche con il tappo chiuso.

"Da strofinare sul petto, tre volte al giorno," ha detto, guardandomi da sopra gli occhialini rotondi per controllare che le sue parole mi si impigliassero bene in testa. "Lavati bene le mani prima e dopo. Non toccare assolutamente nessun cibo con le dita unte di olio, non avvicinarle alla bocca e soprattutto non agli occhi. Tieni un fazzoletto sul naso mentre compi l'operazione. Tutto chiaro, Pajute?"

Ah, eravamo proprio a posto. Adesso ero Pajute anche per lui.

Parte terza

1917, da Udine a Grado

"Siete due incoscienti. Due ragazzine immature, sventate e incoscienti!"

Zia Adele era veramente agitata. La testa le dondolava più del solito, ma le tremava anche la voce. Teneva in mano il coltello grande, con cui avrebbe dovuto tagliare la zucca, e invece lo usava per affettare l'aria davanti a noi, parola dopo parola. Ogni tanto abbassava un fendente sulla zucca, e senza poter vedere non so davvero come facesse a non sbagliare mai un colpo.

"Mi meraviglio di te, Jolanda. Almeno tu, avresti dovuto avere un po' di senno. Invece di lasciarti trascinare in sciocchezze del genere!"

"Stavi morendo. Non è mica una sciocchezza, questa," ha ribattuto Mafalda a mezza voce.

Mafalda non ha ancora imparato quali sono i momenti in cui è meglio stare zitti. Zia Adele ha puntato la lama del coltello verso di lei:

"Ascoltami bene: da quando nasciamo a quando moriamo, la nostra vita è sempre nelle mani degli altri. Io ho tenuto nelle mie mani la vita di vostra madre quando è nata, voi avete tenuto la mia nei giorni in cui la polmonite mi stava mandando al Creatore. Brave, questo vi rende degne di essere creature umane. Ma non vi autorizzava a fare promesse più grandi di voi!"

E giù, una coltellata sulla zucca.

"Ti sbagli, zia Adele," ha insistito Mafalda con la sua voce di quando ti vuole insegnare le cose. "Nessuna promessa è più grande di me. Infatti io dentro di me posso contenere tantissime promesse. Potrei anche promettere che..."

Le ho tirato un calcio sotto il tavolo e l'ho guardata male. Zia Adele ha conficcato la lama del coltello nel tagliere di legno.

"A Barbana! Di questi tempi! Ma come vi è venuto in mente di far voto alla Madonna promettendo una cosa del genere? Vi sembra che io possa affrontare un viaggio a piedi fino a Grado? Debole come sono?"

Non era debole per niente, zia Adele. Si era ripresa dalla polmonite con una rapidità sorprendente: non so cosa ci fosse nell'olio che mi aveva dato don Andrea, ma stava meglio di prima. Sono intervenuta prima che lo facesse Mafalda.

"Veramente noi non abbiamo parlato di te, alla Madonna. Abbiamo detto che se guarivi *noi due* saremmo andate fino a…"

"Stai cercando di dirmi che volete andare a Grado da sole? *Senza di me?*"

Dovevo escogitare qualcosa. E in fretta.

"No. Sto cercando di dirti che noi siamo obbligate ad andarci, mentre tu puoi venire se vuoi. E comunque non ci andremo a piedi, perché nella scatola di latta dei biscotti Delser ci sono i nostri risparmi e possiamo usarli per comperare tre biglietti del treno."

Silenzio. Tutta quella scena poteva significare solo una cosa: in realtà zia Adele *voleva* venire con noi a Grado, e nello stesso tempo era spaventata dall'idea, anche se non ammetteva nessuna delle due cose. Infatti dopo cinque minuti buoni di silenzio ha fatto un'altra obiezione, ma già con una voce più calma:

"Ma lo sapete che siamo in guerra? Nessuno può andarsene a spasso da un posto all'altro senza mostrare un permesso."

"Infatti: don Andrea ci ha dato un lasciapassare per Barbana 'per ragioni di devozione religiosa'. Eccolo qui, è firmato anche dall'Arcivescovo."

Questa non se l'aspettava. Ha preso in mano il foglio e l'ha lisciato con le mani, come se potesse leggerlo con le dita. Mafalda mi ha dato di gomito, e muovendo solo le labbra ha detto:

"Ma quello non è un…"

L'ho zittita. Era vero: stavo imbrogliando zia Adele. Il foglio che le avevo dato in mano non era un lasciapassare firmato da don Andrea, ma un pezzo di giornale vecchio. Non avevamo nessun lasciapassare. Era un rischio che dovevamo correre.

Fuori fuoco 7
Cartolina postale, 1917

Si tratta della foto di una foto, poiché ritrae il fronte e il retro di una cartolina inviata dalla città di Cervignano. La cartolina riproduce una strada della città e riporta a stampa la scritta "via Aquileia". Sul retro invece è presente un testo scritto a mano, che però non è stato messo correttamente a fuoco, tanto che risulta difficile decifrare la firma:

Sulla strada per Grado, 24 ottobre 1917
Caro Sandro,
noi stiamo bene. Stiamo andando a Grado con zia Adele
per cercare nostra nonna. Spero che tu sia sano e salvo
e mi mandi presto tue notizie, in qualche modo. Ti saluto.
Con affetto ~~e con un ba~~
Tua
Pa... (? nome non decifrabile)

Abbiamo affidato Modestine a Giovanni e siamo andate alla stazione di Udine, dove abbiamo preso il treno per Cervignano. Era la prima volta che Mafalda saliva su un treno, e non faceva che squittire indicando il paesaggio fuori dal finestrino. Io invece, più che il paesaggio, notavo che le strade e le stazioni erano piene di militari, a piedi, a cavallo e in bicicletta. Fino a Cervignano è andato tutto liscio. Nessuno ci ha fermato, nessuno ci ha chiesto niente. Probabilmente avevamo l'aria innocua. A Cervignano però abbiamo dovuto cambiare treno e ci siamo imbattute in un posto di blocco. Un militare ci ha chiesto i documenti. Ho sudato freddo. Temevo che zia Adele tirasse fuori la storia del voto e del lasciapassare di don Andrea, che in realtà non avevamo. Il militare non si sarebbe accontentato di sentire il fruscio di un foglio di giornale.

E invece zia Adele ha esordito in un pezzo da teatro che mi ha lasciato letteralmente a bocca aperta. Si è esibita in una scena da commedia, perfettamente recitata e del tutto convincente:

"Buon uomo, abbiate pazienza, ora vi consegno tutto. Le mie bambine mi aiuteranno, perché come vedete i miei occhi non funzionano più. I documenti, i documenti… dove li abbiamo messi, bambine? Vostra mamma me li ha dati non più di un'ora fa. Come sono sbadata, con la mia distrazione faccio perdere tempo a questo bravo soldato che ha tante cose più importanti da fare che lasciarsi consumare dalle debolezze di una povera vecchia. Dove ho messo i…"

"Da dove venite?" ha chiesto il militare.

"Da quella strada lì, la vede? Quella che gira dietro l'incrocio. Abitiamo lì. Ma dove avrò messo i documenti, bambine mie?"

Zia Adele aveva appena detto una bugia coi fiocchi, e senza neppure esitare un attimo, come se l'avesse preparata in anticipo. Fingeva di cercare i documenti, e noi anche, alla rinfusa, scavando tra le cose che portavamo nella sacca.

"Dove state andando?" ha chiesto ancora il militare. Il suo sospetto si stava tramutando in noia. Questa volta è stata Mafalda a uscirsene a sorpresa, parlando con la velocità di una mitragliatrice:

"Andiamo a Grado dalla zia Tina. Questa zia Tina è la sorella della mia buona nonna, ma ci vede meglio di lei. Per questo le fanno attaccare i bottoni sulle divise dei soldati, e lei ci insegna come fare e noi siamo tanto contente perché così anche noi possiamo far vincere la guerra alla nostra cara Italia. La zia Tina abita vicino alla scuola elementare. Sapete, io vado alla scuola elementare tutti i giorni, perché la signorina maestra ci fa studiare la geografia del Carso e degli altri posti dove combattono i nostri eroi, vivailrevivalitalia!"

Il soldato ha fatto un sorriso largo come la carreggiata di una strada. Mafalda ha gonfiato il petto, tutta fiera della sua tirata patriottica. Io sono rimasta di sasso. Zia Adele si è chinata sopra un sacco, come se continuasse a cercare i documenti.

"Buona donna, lasciate stare, non importa…"

"Ah!" ha esclamato zia Adele impugnando delle carte, che non so bene cosa fossero. "Li ho trovati!"

"Va bene così, non importa," ha ripetuto il militare. "Andate, andate… Il vostro treno è in partenza."

Siamo ripartite. Nessuna di noi ha detto una parola finché non siamo uscite da Cervignano. Allora mi sono schiarita la voce e ho chiesto:

"Perché non gli hai detto che stavamo andando in pellegrinaggio a Barbana?"

"Perché mi avrebbe risposto che dall'inizio della guerra i pellegrinaggi sono vietati per questioni di sicurezza, mia cara. Che sarebbe poi stata la stessa cosa che ti avrebbe detto don Andrea, se mai tu gli avessi veramente chiesto un lasciapassare 'per ragioni di devozione religiosa'."

Mi sono morsa il labbro. Zia Adele sapeva tutto e aveva fatto finta di niente. Questo viaggio a Grado doveva veramente starle a cuore.

Fuori fuoco 8
Stazione di Belvedere, 1917

La foto coglie in primissimo piano un vagone del treno Cervignano-Belvedere, appena arrivato a destinazione. I passeggeri stanno scendendo e si passano le valigie e le sacche da viaggio. Attraverso l'inquadratura di un finestrino si può scorgere dall'altro lato del treno il tetto della piccola stazione di Belvedere. Ancora oltre, ma fuori fuoco, si indovina la linea tenue e imprecisa del mare e la prua di una barca. In piedi sul pontile altri viaggiatori conversano, in attesa del vaporetto che attraverso la laguna li porterà a Grado.

Ogni pensiero è sparito di colpo quando abbiamo visto il mare. Né io né Mafalda l'avevamo mai visto prima. E anche se lì era ancora solo mare di laguna, con il profilo di Grado a chiudere l'orizzonte, già era difficile contenerlo tutto nello sguardo e mozzava il fiato per la meraviglia. Siamo scese dal treno. Zia Adele ha inspirato a lungo l'odore salmastro dell'aria, tentennando la testa di lato. Poi si è portata le mani agli occhi e ha pianto, mentre noi le stavamo accanto senza parole.

I binari della ferrovia finivano sull'acqua, in una stazione che si chiamava Belvedere. Da lì partiva un vaporetto, una barca stretta e lunga che si caricava di viaggiatori e li traghettava fin dall'altra parte della laguna, fino all'isola di Grado. Da una parte e dall'altra, il riflesso sull'acqua ci restituiva l'immagine tremolante dei nostri volti. Non ho mai visto niente di più incantevole. C'era così tanta pace in quel viaggio sospeso sul mare che di colpo desideri e preoccupazioni mi son sembrati svanire, slacciare i nodi dei ricordi e delle speranze e alzarsi in volo come dirigibili senza zavorra. Appena siamo sbarcate a Grado e abbiamo rimesso piede a terra, ecco che tutto ha ripreso corpo: e il pensiero di come avremmo fatto per trovare questa nonna Natalia ha avuto il sopravvento.

Zia Adele ricordava benissimo ogni angolo di Grado. Ci chiedeva conferma se la tal porta esisteva ancora e se i fiori sulle finestre erano ancora così belli. Aspettava trepidante le nostre risposte, ma intanto altre domande la incalzavano, mentre l'aspetto della sua città riprendeva forma piano piano dietro i suoi occhi chiusi.

"Andiamo a cercare la nonna adesso?" ha chiesto Mafalda.

"Proviamo a chiedere ai Marchesini," ha proposto zia Adele. "Hanno un negozio di alimentari sulla via principale. Ci diranno qualcosa."

Dai Marchesini abbiamo comprato pane e latte. Mentre io e Mafalda ci arrangiavamo a cenare così, zia Adele si è messa a parlare fitto fitto con la signora Marchesini, che sulle prime non l'aveva riconosciuta, ma quando ha capito chi era le ha fatto mille feste. Zia Adele le ha chiesto notizie della sua famiglia e la signora Marchesini non la finiva più di raccontare di quello e di quell'altro, e di cosa facevano, e di cosa gli era successo in tutti quegli anni che zia Adele non era a Grado. Erano così tanti nella sua famiglia che dopo un po' mi è venuto un sonno irresistibile a sentirla parlare. Non riuscivo più a stare in piedi. Mi sono seduta sul gradino del negozio e Mafalda si è appoggiata a me. Sono riuscita a sentire che la signora Marchesini raccontava che qualche giorno prima a Grado c'era stata un'intera mattinata di bombardamenti, che era stato distrutto il palazzo delle Poste, che una granata aveva fatto un buco così profondo che nel buco era venuta su l'acqua del mare, come nelle buche che fanno i bambini in spiaggia, ma molto, molto più grande, e che quel pomeriggio stesso molti gradesi avevano impacchettato le loro cose ed erano scappati sulla terraferma. A quel punto zia Adele le ha chiesto se sapeva dove fosse Natalia Barich, e io mi sono addormentata.

Mi ha svegliato la signora Marchesini, scuotendomi la spalla. Avevo dormito poco, ma così profondamente da dimenticarmi dov'ero, con chi ero, cosa facevo lì...

"Questa è per aprire la porta posteriore di Villa Antonia," mi ha detto la signora Marchesini, consegnandomi una pesante chiave di metallo. "Andate verso il mare, seguite un pezzo di diga, poi girate nella via che piega verso destra: il terzo cancello è quello della villa. È vuota, non c'è nessuno. Ci sono i materassi ma non credo che troverete né lenzuola né coperte, sistematevi come potete. Adele ha detto che vi raggiunge lì."

Un brivido mi ha risvegliato del tutto. Il vento umido mi si infilava nel collo e nelle maniche, senza alcun rispetto.

"Dove... Dov'è zia Adele?"

"È andata a sbrigare delle faccende sue. Non preoccuparti, non può accaderle niente qui. E voi non vi perderete: sono solo pochi metri, vedi? Laggiù c'è la diga, poi girate a destra e siete arrivate. Sarete morte di stanchezza, poverine. Tieni questi biscotti, per te e la tua sorellina. No, non occorre che mi paghi. Se tu sapessi quante cose ha fatto Adele per i miei fratelli quando erano piccoli. Avevo anch'io una sorellina come la tua, e..."

L'ho ringraziata per le chiavi e per i biscotti, e ho aiutato Mafalda ad alzarsi: era meglio andare via, prima che la signora Marchesini ricominciasse con le storie di famiglia.

La strada finiva sulla diga, e la diga sul mare. Era tutto buio, il mare non si vedeva cosa fosse. Si sentiva solo il rumore di un eterno ritornare, e quell'odore forte di sale e di alghe. Lontano, sulla sinistra, il buio era squarciato a mezz'aria da piccoli lampi scarlatti. Il Carso. Era là, la guerra. Le esplosioni erano ferite rosse sulla pelle della notte. Dove sarà stato Sandro? Il ricordo del suo bacio mi ha scaldato la pancia, fino alla punta delle dita.

La villa di cui ci aveva dato le chiavi la signora Marchesini era così bella che quasi non osavo camminare per timore di rovinare il pavimento. Era una casa di signori. Io e Mafalda abbiamo dormito sul letto più comodo che avessi mai sognato. Avrei voluto che la notte non finisse più. Invece la mattina dopo zia Adele è venuta a svegliarci, e l'ha fatto aprendo una finestra.

Poi si è fermata. Sembrava che guardasse fuori, ma gli occhi di zia Adele non potevano vedere. Io e Mafalda l'abbiamo raggiunta e siamo ammutolite con lei. Zia Adele respirava quello che noi vedevamo: un cielo liquido, spalmato sulla terra, con nuvole di schiuma, e il sole tremolante, mobile, specchiato dappertutto.

Era quello, il mare! Troppo grande per essere raccontato.

"Come fa a muoversi e a rimanere fermo?" ha chiesto Mafalda.

Zia Adele ha respirato un'ultima volta a fondo, come se nell'odore del mare ci fossero tutti i suoi anni più belli.

"Si può lasciar passare una giornata così," ha detto. "Senza nemmeno accorgersi che il tempo continua a scorrere. Ma noi abbiamo un voto da portare a termine, giusto? Dobbiamo andare a Barbana."

"Ma... e Natalia Barich?" ho chiesto. Pensavo che avremmo potuto concludere il nostro pellegrinaggio dopo aver saputo qualcosa di questa nonna. In fondo era per quello che eravamo venute fino lì.

"Ha aspettato tanti anni, può aspettare ancora un giorno," ha concluso zia Adele. "O d'improvviso il vostro voto non è più così importante?"

Trovare una barca che ci portasse a Barbana non è stato tanto facile. A Grado perfino i pesci sembravano conoscere zia Adele e tutti si sarebbero fatti in quattro per esaudire le sue richieste, ma il tempo stava cambiando in peggio e questo non piaceva a chi doveva andare per mare.

"Lo sentite? Sta arrivando il *cassaòr*," ci ha detto un vecchio pescatore. "È il vento cacciatore, che spinge il mare contro la costa. Avremo acqua alta, pioggia e mare mosso anche in laguna. Aspettate qualche giorno ancora. Aspettate che passi."

Ma zia Adele ha insistito tanto che alla fine il pescatore ha ceduto:

"Già è difficile discutere con una donna," ha concluso, scuotendo la testa. "Se si chiama Adele, poi…"

Durante il tragitto in barca in mezzo alla laguna, Mafalda non ha tolto gli occhi dall'acqua: sognava di vedere una stella marina, ma l'acqua era troppo torbida per scorgere il fondo. Oltretutto il sole era sparito, e il cielo si incupiva sempre più, minaccioso. Il *cassaòr* sferzava la barca con folate e spintoni. Il pescatore ha guardato in alto:

"Il *cassaòr* terrà lontani gli aerei," ha detto. "Ma presto qui la pioggia verrà giù a secchiate. Vi converrà rimanere a Barbana per qualche giorno."

Zia Adele non ha risposto. Io ho sospirato: eravamo state a un passo dal trovare nostra nonna, ed ecco che il suo fantasma si allontanava di nuovo.

Appena sbarcati a Barbana, zia Adele ha insistito perché io e Mafalda andassimo subito in chiesa a dire il rosario, e la lasciassimo sola. È stata irremovibile. Io non avevo timore di perderla: Barbana era una piccola isola di pace, alberi alti, poche case, vento e silenzio. Ma mi chiedevo cosa avesse in mente di fare senza di noi.

La chiesa era immensa. Mentre recitavo le preghiere con Mafalda, non riuscivo a concentrarmi. I pensieri mi sfrecciavano in testa e quella vastità di aria sacra intorno a me era inquietante. Mafalda invece era tutta intenta a snocciolare parole insieme ai grani del rosario. E andava lentissima.

Ho cercato di raccogliere le mie buone intenzioni almeno nell'ultima Ave Maria, e poi siamo uscite.

Prima di tutto ci ha accolto la pioggia. Nel tempo delle nostre preghiere era scesa come una tenda pesante di acqua, batteva sugli alberi, batteva sul mare e batteva sul vento, che la rilanciava in raffiche rabbiose. Zia Adele ci aspettava sotto un riparo, di fianco alla chiesa.

"Andiamo da vostra nonna," ha detto, sopra il rumore della pioggia.

"Zia Adele! Non possiamo rientrare a Grado con questo tempo! Non c'è neppure una barca!"

"Natalia non è a Grado. È qui a Barbana," ha detto. Non ero sicura di aver capito bene. Zia Adele ci ha stretto a sé e ha continuato: "La signora Marchesini mi ha detto che Natalia è partita da Grado il giorno dei bombardamenti. Ha fatto fagotto, ha chiuso Villa Antonia e se n'è andata, come tanti altri. È venuta qui. E io l'ho trovata."

Abbiamo camminato sotto la pioggia costeggiando il muro della chiesa, e poi zigzagando tra le case.

"L'hai già vista?" ho chiesto a zia Adele.

"Difficile nella mia condizione, cara."

"Intendo dire... Insomma, le hai parlato?" Bisognava urlare per sentirsi, sotto la pioggia battente.

"No, no. Ho solo preso informazioni. È qui."

Eravamo davanti a una casetta gialla, bassa, piccola. Zia Adele ha bussato. Qualcuno ha aperto.

Dovevamo avere proprio un bell'aspetto, così com'eravamo. Bagnate fradicie, coi capelli ridotti a cordelle e i corpi sformati da tutti i vestiti che era stato possibile infilarsi addosso per portare meno peso a mano.

"Chi è?"

Dentro la casa non era illuminata, così non siamo riuscite a vedere il viso di quella voce. D'altra parte anche lei, dietro il sipario della pioggia, doveva scorgere solo tre sagome indistinte.

"Chi siete? Entrate, non si può stare sotto questo diluvio!"

Abbiamo lasciato che zia Adele entrasse per prima, e noi due ci siamo infilate subito dietro di lei. Rumore di porta che si chiude. Fruscio di vestiti nell'ingresso. Sussulto di sorpresa.

"Ma chi... Adele?"

C'era stupore o speranza, in quella voce? Zia Adele non avanzava, così restavamo tutte e tre pigiate nell'ingresso, che era troppo scuro per permetterci di vedere la donna in viso.

"Buona sera, Natalia."

La voce di zia Adele era di nuovo morbida come la carezza di una mano che si posa su una guancia e lì si ferma con affetto.

"Adele?" ha ripetuto la voce, incredula.
"È passato molto tempo. Vero?"
"Adele?"
Forse in quegli anni nostra nonna aveva perso la ragione. Non faceva che ripetere il nome di zia Adele. Mafalda ha cercato di inserirsi:
"Veramente ci siamo anche noi. Diglielo, zia Adele."
"Zia Adele?"
"La tua voce non è cambiata, Natalia, posso riconoscerti. Ma i miei occhi non possono vederti, per cui se vuoi che mi muova da qui sarai costretta ad aiutarmi. Sempre che tu non desideri piuttosto sbattermi fuori e chiuderci la porta in faccia. A me e alle tue nipoti."
Silenzio.
È durato così tanto che ho temuto che Natalia ci stesse pensando sul serio, a sbatterci fuori. Invece probabilmente era solo congelata dalla sorpresa, perché poi piano piano ha cominciato a sciogliersi:
"Adele... fuori? La porta? No, no... le nipoti. Le mie nipoti? Nipoti?"
Sembrava che le parole le razzolassero in bocca come galline senza testa. Una volta Sandro mi

aveva detto che i corpi delle galline continuano a correre in giro anche quando gli tagli il collo. Una delle tante cose carine che mi aveva detto quando eravamo piccoli.

Finalmente zia Adele si è mossa. E noi dietro. Natalia l'ha accompagnata in cucina e l'ha aiutata a sedersi a un piccolo tavolo. Poi si è voltata verso di noi. La sua voce improvvisamente è suonata dura, quasi metallica.

"Chi sono queste, Adele?"

"Te l'ho detto: sono le tue nipoti, Jolanda e Mafalda. Figlie di tua figlia Antonia."

Natalia ci fissava. Anch'io fissavo lei, ora che eravamo più in luce. Era una donna magra, molto più magra di zia Adele. Il suo viso era strano. Aveva i capelli bianchi intrecciati a corona sulla testa e gli occhi più azzurri che avessi mai visto. Ci guardava con durezza.

"Come fai a sapere chi sono? Mi hai detto che non ci vedi più. Chi ti dice che non siano delle imbroglione?"

Zia Adele ha fatto uno strano suono sussultante. Poi ho capito che stava ridendo. Ma non era una risata di cuore come quelle che faceva con Sandro: questa era una risata lunga, sommessa, amara, piena di pensieri rimuginati e non detti.

"Natalia, Natalia... Tu che invece ci vedi così bene, ti rifiuti di guardare. Jolanda, togli il fazzoletto dai capelli."

Me lo sono tolto: Natalia mi vedeva meglio. Infatti è rimasta di nuovo muta. Ho avuto un'altra idea: dalla scatola di biscotti Delser ho tirato fuori la nostra foto di famiglia e l'ho tesa verso di lei.

"Che cosa vogliono?" ha chiesto di nuovo a zia Adele, indicando verso di noi. Parlava come se noi fossimo le figure della foto invece che persone vere.

"Io vorrei un bicchier d'acqua, per favore," ha risposto Mafalda. Sono scoppiata a ridere, forse anche un po' per la tensione, ma giurerei che in quel momento la bocca di nonna Natalia si sia piegata appena un po'.

"Sedete pure," ci ha detto. "Scusatemi. Sono un po' sottosopra."

È sparita nella stanza di fianco. È tornata dopo un po' con una caraffa d'acqua, quattro bicchieri e una bottiglia di liquido dorato.

"Sciroppo di sambuco," ha detto, versandolo

nei bicchieri. "Sole dell'estate e zucchero del mercato nero."

Si è seduta e ha intrecciato le mani sotto il mento. Sembrava che facesse del suo meglio per trattenere un tumulto sordo di domande e di sgomento. Fuori, un tuono ha spaccato il cielo. La pioggia continuava a schiaffeggiare l'aria con furia.

"Chi di voi comincia a parlare?" ha chiesto.

"Io no," ha precisato Mafalda. "Se no poi dicono che non sto mai zitta. Posso chiamarti nonna?"

Natalia si è chiusa le mani sugli occhi. Quando le ha riaperte, eravamo ancora lì.

"Adele..." ha mormorato di nuovo. Questa volta però sembrava più una richiesta di aiuto.

Zia Adele ha bevuto due sorsi dal suo bicchiere e poi le è venuta in soccorso: ha cominciato a raccontare.

Qualche bicchiere di sambuco e un'ora più tardi la matassa di famiglia era dipanata intorno al piccolo tavolo. Avevamo raccontato la storia a voci alterne, prima zia Adele e poi io, a partire dal matrimonio dei miei genitori fino a quel momento. Mafalda si era inserita qua e là, aggiungendo particolari a modo suo. Alla fine di tutto il racconto, nonna Natalia aveva l'aria corrucciata.

"E adesso?" ha detto.

"Eh, no, nonna," l'ha corretta Mafalda. "Questa è la domanda che noi dobbiamo fare a te. E adesso?"

Ogni volta che Mafalda la chiamava nonna, e lo faceva spesso, avevo l'impressione di vederla sobbalzare sulla sedia.

"Antonia... Vostra madre Antonia non mi ha mai cercato, in tutti questi anni. Mai. Neanche una lettera."

"Devo ricordarti che sei stata tu a ordinare a tua figlia di non farsi sentire mai più?" le ha detto zia Adele. La sua voce era sempre la stessa, ma le parole erano taglienti.

"Lo so, ma... ma il tempo passa, succedono tante cose..."

"Succedono anche tante persone..." le ha fatto eco Mafalda, imitando senza volere il suo tono serio.

Pausa. Natalia stringeva forte la mascella e aveva le labbra bianche tanto le teneva serrate.

"Che cosa volete da me, esattamente? Soldi?"

Zia Adele ha sbuffato.

"No, abbiamo dei risparmi messi da parte," ho detto.

"Nella scatola dei biscotti Delser," ha precisato Mafalda.

"Magari Antonia pensava che tu potessi dar loro un aiuto," ha suggerito zia Adele. "Sai, come succede normalmente tra parenti. Magari a Grado c'è lavoro per Jolanda. Come vanno le cose con l'albergo?"

"Io… forse… forse è meglio se ne riparliamo domani. Sono un po' stanca, ora."

"Possiamo dormire qui con te, nonna?"

"Facciamo in modo di trovarvi un letto da qualche parte. Questa casa non è mia, sono ospite di conoscenti. Brave persone. Domani torniamo tutti a Grado e vedremo cosa è meglio fare. Se soltanto questo diluvio smettesse…"

La nonna si è alzata a guardare fuori dalla finestra. Il diluvio non sembrava voler smettere, anzi.

In quell'istante la porta di casa si è spalancata, lasciando entrare un fiotto di pioggia e una folla di persone inzuppate fino all'osso e morse dal panico.

"Natalia! Presto! Prepara le tue cose!"
"Corri in camera! Porta giù tutto!"
"Svelto papà, chiudi la porta!"
Non erano una folla, erano solo tre: un uomo e una donna anziani e un'altra donna più giovane.
"Cosa succede?" ha chiesto la nonna.
"I tedeschi! I tedeschi!" ha urlato la donna giovane.
"Dobbiamo andarcene, in fretta," ha ripetuto l'uomo. "Stanno arrivando i tedeschi. È successo qualcosa, non so. Gli italiani sono crollati, il nostro esercito si ritira. Scappano tutti."
Mentre lui parlava, la moglie e la figlia correvano in giro per la casa ad insaccare oggetti, scatole, vestiti, cibo... Nessuno sembrava aver fatto caso a noi e a zia Adele.
"Di cosa avete paura?" ha chiesto la nonna. "Ci sono stati gli austriaci per cento anni, a Grado. Anche se tornano, cosa volete che facciano di male?"
"Natalia, non fate della filosofia adesso, che non è il momento," ha esclamato l'uomo. "Questi non sono solo austriaci. E non sono gli stessi che c'erano prima. Questi sono arrabbiati come

bestie per essere stati cacciati via, non vedono l'ora di restituirle tutte agli italiani, sono sanguinari, spietati e feroci. Delle belve!"

Solo allora l'uomo ha visto che c'eravamo anche noi. Ci ha guardate con sospetto.

"Voi chi siete?"

"Amiche," ha risposto subito Natalia. "Cioè, no... parenti. Sono mie parenti."

"Lei è la nostra nonna," ha precisato Mafalda fiera, per niente turbata da quella confusione. L'uomo ha guardato Natalia aggrottando le sopracciglia, ma evidentemente aveva pensieri più importanti di cui occuparsi.

"Forza, forza, prendete le vostre cose, Natalia, portate anche queste parenti, basta che facciate in fretta. Abbiamo una barca che ci aspetta al molo per andare fino a Belvedere, e poi da lì andremo verso Venezia. Muoviamoci!"

Si era rotto qualcosa.

Sulle montagne dove combattevano, all'altezza di Caporetto, la prima linea italiana aveva ceduto. La seconda anche. L'esercito austroungarico aveva sfondato il fronte: gli italiani battevano in ritirata mentre i nemici gli avanzavano alle costole, traccia su traccia, divorando il terreno ancora fresco dei loro passi. Tutto il Friuli era travolto dalla corsa sfrenata e disperante di una doppia ondata di eserciti. E a vedere i soldati italiani in fuga scappava anche la gente comune, sotto il diluvio insistente, lasciando case e cose, come una valanga che si ingrossa strada facendo, e si mescola, si confonde, si impaccia, si ingorga, si ingarbuglia.

Fuori fuoco 9
Ritirata di Caporetto, ottobre 1917

Prime ore del mattino. Cielo scuro. Un lungo viale fiancheggiato da alberi alti. L'obiettivo è puntato sulle truppe di soldati, che procedono a piedi e a cavallo lungo lo stradone, con zaini, gavette e armi sulle spalle, accanto a una fila di camion e in mezzo a una fiumana di gente comune. Poco oltre, ma non messa bene a fuoco nella foto, un'ambulanza militare è ferma sotto la pioggia battente. È rimasta bloccata nella calca. Le infermiere, riconoscibili dal camice bianco, hanno scaricato dall'ambulanza alcune casse di medicinali e stanno aiutando due donne e quattro bambini piccoli a prendere posto a bordo del veicolo.

Nel tempo necessario per andare da Barbana a Belvedere eravamo già tutti gonfi di pioggia. A Belvedere c'era una gran confusione di persone, barche, cavalli e carri. Quando è stato il momento di salire sul barcone che andava a Venezia si è scoperto che non c'era posto per tutti. A bordo c'era già molta gente, arrivata da Grado o dai paesi vicini. Gli amici di nonna Natalia sono saliti per ultimi, e hanno urlato:

"Salite, Natalia! Ci stringiamo! C'è ancora un posto!"

Nonna Natalia ci ha guardate. Poi si è guardata le mani. Avrebbe potuto scegliere di venire con noi, anche se eravamo quasi delle estranee e chissà dove stavamo andando, oppure di mettersi in salvo con quelli che conosceva e continuare la sua vita di sempre, senza fare mai più parte della nostra. Doveva decidere subito e non poteva chiedere consigli. Si guardava le mani, come se lì ci fosse la risposta. E dopo un tempo che a me è sembrato lunghissimo, ma che in realtà dev'essere durato solo qualche frazione di secondo, ha alzato la mano destra in segno di saluto e ha risposto all'uomo:

"Andate pure. Buona fortuna. Che il cielo vi protegga."

E il barcone è partito.

Zia Adele ha allungato un braccio fino a toccare quello della nonna.

"Ho capito bene? Natalia è ancora qui? Mie care, il mondo comincia a girare per il verso giusto," ha aggiunto, rivolta a noi. "Qualcuno però potrebbe dirmi cosa sta succedendo qui intorno? Cos'è questo rumore?"

Che il mondo girasse per il verso giusto era da dimostrare. Per il momento il mondo precipitava. E in che verso restava ancora da capire.

"È un grosso carro con le ruote," ha risposto Mafalda. "E anche con il motore. Ha i fanali accesi e un telone grande un po' rotto e dentro c'è della gente e altra ne sta salendo."

"Andiamo. Forse hanno posto."

Zia Adele e Mafalda si sono mosse verso l'autocarro. La nonna no. Teneva gli occhi fissi al di là della laguna, su una zona scura che doveva essere l'isola di Grado. Il profilo delle case era cancellato dalla pioggia battente. Grado sembrava un quadro che si scioglie nell'acqua.

"Nonna…"

Piangeva. O forse era la pioggia.

"È una cosa da matti. Da matti," ha detto. Poi si è voltata, ha sollevato la sacca della sua roba e mi ha preceduta sul carro.

Andavamo verso nord, ma altro non si poteva sapere. Il telone del carro ci riparava dalla pioggia e dalla vista dei paesi che attraversavamo. Qualcuno si era ingegnato a fissare degli ombrelli sotto i buchi del telone, perché l'acqua non entrasse. Ma ormai ne cadeva così tanta che il telone si piegava sotto il suo peso. Di tanto in tanto bisognava spingerlo con un bastone, così l'acqua cadeva di lato invece di sfondarlo.

Nel carro eravamo in tanti, tutti pigiati stretti. Almeno così non si sentiva il freddo dei vestiti zuppi addosso. Col rollio ritmico del motore la stanchezza vinceva sulla paura e sulle preoccupazioni: in molti si addormentavano. Da un lato avevo Mafalda, che mi è crollata in grembo cinque minuti dopo che siamo partiti. Dall'altro lato c'era una ragazza che doveva avere qualche anno più di me. Sulle prime avevo pensato che fosse molto grassa, vedendo come si muoveva. Poi ho capito che era incinta: doveva essere vicina al parto, perché non riusciva quasi a stare seduta, aveva i crampi alle gambe e si lamentava tenendosi la pancia ad ogni scossone del carro. Zia Adele, seduta oltre Mafalda, incitava la nonna perché guardasse fuori e le dicesse se stavamo andando verso Udine.

"Non si capisce niente," diceva la nonna. "Qui c'è solo buio, cavalli e militari."

La ragazza incinta tra un lamento e l'altro ripeteva una frase, sempre la stessa, come fosse una ninnananna:

"Dobbiamo passare il Tagliamento. Dobbiamo passare il Tagliamento. Dobbiamo…"

"Il fiume?" le ho chiesto, più che altro per interrompere la litania.

"Sì, sì. In salvo. Di là siamo in salvo."

"Non ci arriviamo più al Tagliamento, con questo coso. Ha già cambiato strada tre volte. È troppo ingombrante!" ha detto qualcun altro.

In effetti era vero: l'autocarro procedeva molto lento. Spesso si fermava. E intorno si sentivano voci, richiami, rumore di altri carri e di cavalli. Probabilmente era il traffico di tutti quelli che scappavano, compresi i soldati.

A forza di cercare tragitti meno frequentati e di impantanarsi nelle strade dei campi, a un certo punto l'autocarro è arrivato sulla strada per Codroipo. E lì siamo stati fermati. Un capitano ha requisito il carro. Ha detto che serviva all'esercito. Ha detto che era importante. Ci ha fatto scendere tutti ed è finito il viaggio. L'autista non ha potuto protestare.

Continuava a piovere. La gente che è scesa dal carro si è dispersa, confondendosi nella corrente di quelli che erano già sulla strada, civili e militari, a piedi. Dai paesi partivano in massa, coi carri e le mucche, in bicicletta, in sella ai muli… Chi aveva il carro ci metteva i figli, i materassi, le galline, le pannocchie, perfino il paiolo della polenta. E via. Dicevano che sarebbero arrivati i tedeschi, e che erano dei mostri, delle bestie sanguinarie. E che rimanere lì voleva dire farsi rapinare e sgozzare.

"Ma se vi prendono per la strada, sarà ancora peggio!" diceva qualcun altro. "Rimanete qui. Ci siamo abituati a tutto, ci abitueremo anche ai tedeschi."

Passavano anche molti soldati che venivano dalle zone di guerra. Alcuni erano ancora intruppati, altri procedevano alla rinfusa, sbandati, soli, senza ordine e senza ordini. Sempre più stanchi, sempre più sfatti, sempre di più.

Noi non avevamo un posto dove fermarci. Abbiamo camminato insieme agli altri, senza sapere davvero dove fosse meglio andare.

"Arriviamo fino a Codroipo," ha detto zia Adele. "Da lì prenderemo il treno per tornare a Udine. Jole, stai vicino a Mafalda e non perdere di vista tua nonna. Natalia, tieni il mio braccio e conducimi, così andremo più veloci. La cosa più importante è non perdersi."

Invece quando abbiamo raggiunto Codroipo, incrociando la strada che veniva da Udine, abbiamo capito che nessun treno ci avrebbe portato a casa. La scena era terrificante. Una fiumana di gente arrivava da Udine, tutti diretti verso ovest, verso il ponte sul Tagliamento, per passare di là, per mettersi in salvo. Gente dei paesi e gente di città, carri di contadini stipati di roba, carretti, mucche, cavalli, biciclette. Al centro della via, cercando di farsi spazio, le truppe militari, con cannoni, mitragliatrici, ambulanze, camion. E per tanti che ce n'era sulla strada, tanti altri erano rovesciati nei fossi, o addirittura in mezzo alla via. La strada era intasata, l'avanzata lentissima. Un torrente di fango e di persone.

Da quando eravamo partite da Belvedere, nonna Natalia era stata quasi sempre zitta. Avevo l'impressione che tra lei e zia Adele ci fosse un dialogo continuo, che non era fatto di parole. Fino a quel momento si era lasciata portare da zia Adele, anche se era lei a darle il braccio. Ma in mezzo a quella processione affollata e sconvolta, di cui zia Adele forse non poteva neppure immaginare le proporzioni, nonna Natalia si è impuntata:

"Basta! Fermiamoci da qualche parte. Non ne posso più. Non ha senso continuare. Dove andremo, con tutti questi disperati, passato il Tagliamento? Se rimaniamo sulla strada siamo solo un bersaglio facile per gli aerei."

Zia Adele stava per rispondere, ma nella sua pausa di silenzio è successo qualcos'altro. La ragazza che camminava davanti a lei si è bloccata di colpo con un gemito. L'ho riconosciuta: era la ragazza seduta vicino a me sull'autocarro, quella incinta. Zia Adele le è inciampata addosso, per un pelo non cadevano a terra tutte e due. La ragazza era immobile e si guardava la gonna.

"Le si sono rotte le acque!" ha detto nonna Natalia. "Presto, Jole, spostiamoci sul bordo della strada."

A rimanere lì rischiavamo di venire travolte dall'avanzare della folla. A spostarci avevo il terrore che ci perdessimo.

"Mafalda!" ho gridato. "Prendi la mano di zia Adele! Venite qui vicino! Stai attenta a dove mettete i piedi: il bordo della strada è di fango, se cede finite nel fosso."

Zia Adele era sfinita. Inciampava sui suoi piedi. Mafalda tremava dal freddo. La pancia della ragazza era contratta dalle doglie. Dovevamo trovare un riparo.

"Nonna," ho detto. L'ho detto per la prima volta, e mi faceva uno strano effetto tenere in bocca quella parola. "Laggiù c'è una casa. Ce la facciamo ad arrivare fin là?"

Ci ha raggiunto anche la madre della ragazza. Era disperata, perché nella folla l'aveva persa. Poi per fortuna ci ha visto attraversare il campo e ci ha seguite.

"Mariute, Mariute..." continuava a dirle. "Non adesso, Mariute, non adesso."

La ragazza era così pallida. Sembrava che la pioggia le avesse lavato via tutto il colore dalla pelle. Camminava lentamente e nonna Natalia la incoraggiava, le diceva che mancava poco, mancava poco, stavamo arrivando alla casa...

La casa era vuota. Gli abitanti si erano portati via tutto, o forse erano scappati e la casa era stata saccheggiata. Abbiamo fatto sedere Mariute su una sedia in cucina.

"Vai di sopra, Jolanda," mi ha detto la nonna. "Cerca nelle stanze, porta giù un materasso e tutte le lenzuola pulite che trovi. E coperte, copriletti, quello che c'è. Porta tutto."

Al piano di sopra c'erano solo pidocchi. Milioni di pidocchi su lenzuola sudicie e inzaccherate. Durante la notte dovevano essere passati dei soldati che si erano stesi sopra i letti con gli stivali e tutto. Sembrava ci avessero fatto dormire anche i cavalli, tanto era sporco. Sono ridiscesa a mani vuote.

Ho aperto i cassetti della cucina e della dispensa nell'altra stanza, finché ne ho trovato uno ancora pieno di tovaglie, miracolosamente scampato al saccheggio. Almeno quelle erano pulite. E poi ho avuto una fortuna sfacciata: ho trovato un baule, nascosto sotto una lurida tela cerata. Dentro c'era tutta una dote di biancheria, perfettamente intatta! Ho portato tutto alla nonna e arrotolando le lenzuola abbiamo fatto a terra una specie di pagliericcio. Nel frattempo sono arrivate anche zia Adele e Mafalda.

"Qui dentro fa troppo freddo," ha detto zia Adele. "Accendete un fuoco. Cercate dell'acqua e fatela bollire. Lavatevi le mani, per quel che si può. Dov'è la ragazza?"

La nonna ha guidato le mani di zia Adele fino alla pancia di Mariute. Nonostante fosse così stanca, zia Adele è rimasta un bel pezzo in piedi, con le mani sul ventre della ragazza. Per un po' Mariute ha smesso di lamentarsi. Però poi a tratti ricominciava. La pancia le dava dolore forte per le contrazioni.

"Non può stare così, seduta sulla sedia," ha detto zia Adele alla nonna. "È meglio che si stenda. Sua madre è qui? Vada a cercare dei pezzi di legno per il fuoco."

Appena la madre di Mariute è uscita, zia Adele ha preso le mani della nonna nelle sue e le ha detto sottovoce:

"Tocca a te, Natalia."

"Non dire sciocchezze, Adele! Non posso farlo. Sono troppo vecchia. E sai bene da quanti anni non seguo più un parto."

"Sono sicura che le tue mani non hanno dimenticato. E comunque qua non c'è nessun altro che possa farlo al posto tuo. Coraggio."

Zia Adele ha posato le mani della nonna sulla pancia di Mariute e si è seduta vicino a loro. Ogni tanto faceva delle domande alla nonna, come se la guidasse con la sua voce. La stanza era più calda e l'acqua bolliva. Sono uscita anch'io a prendere altra legna sul retro della casa.

"Mafalda ha bisogno di mangiare qualcosa," ha detto zia Adele, quando sono rientrata. "E tu anche, Pajute."

Sentirmi chiamare così mi ha dato una stretta al cuore.

"Tornate verso la strada, cercate tra le cose che hanno abbandonato nei fossi. Potrebbe esserci del cibo," ha detto la nonna. "State attente. Ho visto che qualcuno ha buttato dei fucili. Non toccate nessuna arma, per nessuna ragione. Intesi?"

Quando dava gli ordini era proprio uguale alla mamma.

Farina, zucchero, fagioli, caffè... addirittura un pezzo di formaggio e una bottiglia di grappa. Tutta roba buttata nel fosso! Io e Mafalda riempivamo un sacco con quello che trovavamo, facevamo più in fretta possibile, perché si sentivano urla, mitragliatrici che sparavano, botti da tutte le parti... Sembravano lontani ma non si poteva sapere. La gente continuava ad affollare la strada, camminando a passo d'agonia verso il fiume Tagliamento. D'un tratto Mafalda ha detto:

"Guarda, c'è una coperta. La portiamo a Mariute?"

Non ho fatto in tempo a dirle di controllare che non ci fossero pidocchi prima di prenderla che Mafalda l'aveva già sollevata. Ha dato un urlo spaventoso e ha fatto un balzo indietro come se una bomba l'avesse scaraventata via. Sotto la coperta c'era un morto. Un soldato, credo.

"Andiamo via, andiamo via, andiamo via!"

Mafalda si è aggrappata al mio braccio. Non avevamo mai visto un morto. Il collo era contratto e gli occhi guardavano in alto, riempiendosi di pioggia. Ho fatto uno sforzo e mi sono avvicinata. Ho ridisteso il lembo della coperta su quel poveretto. Poi ho preso per mano Mafalda e siamo scappate, correndo nel fango, come due lepri attraverso il campo.

In cucina si stava meglio, adesso. Faceva caldo, c'era da mangiare. Mafalda si è addormentata: non so come facesse, col rumore degli aerei e degli spari fuori, e i lamenti di Mariute lì dentro. Zia Adele e la nonna erano sempre vicine a Mariute, le parlavano, le massaggiavano la pancia. E poi è stato il momento. Le doglie si sono fatte più frequenti, Mariute urlava, la nonna e zia Adele le stavano intorno mentre la madre di Mariute, spaventata, stava in un angolo e diceva solo "Salvatela, salvatela". È uscito il bambino. La nonna l'ha preso in mano e gli diceva delle cose piccole, piano. Il bambino ha pianto a pieni polmoni, zia Adele ha detto:

"Piange. Bene. Ma ce n'è un altro, Natalia."

Un altro... Mariute aspettava due gemelli! La nonna ha consegnato a me il primo bambino e si è data da fare per aiutare Mariute col secondo. L'ha dato a me! Era un fagottino di pane caldo, avvolto in una tovaglia, e stava nelle mie braccia. Era minuscolo, morbido e tutto vivo. Non pesava neanche, ma piangeva e piangeva, come se tutta la vita gli scorresse nella voce. Ho pensato al morto freddo sotto la coperta, là fuori, solo, sotto la pioggia, perso nel fango. Ho pianto anch'io insieme al bambino e l'ho stretto più vicino al petto.

"Stai qui, Jolanda. Stai qui," ha detto zia Adele. Voleva che assistessi da vicino al secondo parto, con il bimbo in braccio. Ho visto la testa del secondo bambino, e le mani di zia Adele che si muovevano nell'aria, mentre quelle di nonna Natalia ripetevano gli stessi gesti sulla pancia di Mariute. E la testa è scivolata, e dietro le spalle, la schiena, le gambe... ed era di nuovo tutto un altro bambino.

"È una femmina," ha detto la nonna. Le tremava la voce.

"Bene, bene, bene," ha detto zia Adele. E sorrideva. Anche Mariute sorrideva, tra lacrime e smorfie di dolore.

"Sono due, mamma," diceva. " Sono due."

La mamma di Mariute le accarezzava i capelli e diceva parole confuse su miracoli e paradisi e grazie alla Madonna. Anche la bambina è stata avvolta in un'altra tovaglia, e tutti e due i piccoli sono tornati in braccio alla loro mamma. Non ho mai sentito le mie braccia così forti e così vuote.

Di colpo si è spalancata la porta della cucina. Una folata di aria fredda, di pioggia e di spari ha invaso la stanza, insieme alla figura sdrucita e sporca di un soldato.

"Chiudi quella porta!" ha esclamato nonna Natalia tra i denti. Sembrava alta, forte, furiosa come una gatta bagnata.

"*Brot...*" ha detto il soldato. Aveva la faccia sciupata, gli occhi scavati e le ginocchia sul punto di crollare sui piedi con le scarpe scassate. Ma aveva anche una baionetta a tracolla.

"È un austriaco," ho detto io in un soffio. Non sapevo se avere paura o sollievo: alla fine eccoli qua, gli austriaci erano arrivati.

"Can d'un cane!" è esplosa la nonna. "Chiudi! Quella! Porta! Me la vuoi far morire, eh? Dentro o fuori, deciditi, chiudi!"

E nel dirlo, nonna Natalia si è precipitata sulla porta e l'ha sbattuta, imprigionando il soldato tra di noi. Quello era stordito, non aveva neanche la forza di minacciare. Ci guardava, guardava il sangue sui panni a terra, e non capiva.

"*Brot...*" ha ripetuto. Solo in quel momento la nonna deve essersi resa conto del pericolo che stavamo correndo. In mezzo a noi, armato di tutto punto, c'era un soldato nemico. Nemico?

"*Wir haben kein Brot,*" gli ho detto. "*Nur ein bißchen Käse. Wollen Sie?*"

Gli ho teso un pezzo di formaggio. Ha lasciato cadere lo zaino e la baionetta. Ha afferrato il formaggio con gli occhi che gli uscivano dalle orbite e l'ha messo in bocca, con una smorfia, come se il sapore gli facesse male dopo giorni di fame. Allora si è reso conto della scena che aveva davanti. Mariute con gli occhi sgranati dalla gioia e dal terrore, i due bambini in braccio a lei, noi tutte che lo fissavamo, zia Adele immobile come un lupo che fiuta l'aria.

"*Kleine Mutter,*" ha detto il soldato, sorridendo a Mariute con la bocca piena di formaggio.

In quella si è sentita un'esplosione. Molto, ma molto più forte delle precedenti. Il soldato ha strappato il resto del formaggio dalle mie mani, in un solo gesto ha ripreso l'arma e lo zaino e ha fatto per spalancare la porta, ma ha incrociato lo sguardo della nonna.

"*Danke. Danke vielmals.* Italiane buone," ha

detto, e ha socchiuso la porta appena il giusto per passare, lui e il suo zaino, chiudendosela subito alle spalle.

"Era una bestia tedesca?" ha chiesto Mafalda, che nel frattempo si era svegliata ma forse credeva ancora di sognare. "Che strano. Assomigliava molto alle bestie italiane."

L'esplosione che avevamo sentito era il ponte sul Tagliamento che veniva fatto saltare in aria.

Per non far passare i tedeschi, i soldati italiani che erano già dall'altra parte del fiume avevano minato il ponte e l'avevano fatto esplodere. Con tutta la gente sopra. Chi c'era c'era, e chi non c'era non ci sarebbe stato più.

Se Mariute non si fosse sentita male, se noi non fossimo state vicino a lei, se avessimo continuato nella marcia… in quel momento avremmo potuto essere sul ponte, tutte e sei. Anzi, tutti e otto, contando i due bambini appena nati, che non sarebbero nati mai.

Quando erano partite da casa, Mariute e sua mamma viaggiavano insieme ad altri parenti, che però sulla strada affollata erano andati avanti.

Per il momento potevano solo sperare che fossero riusciti a passare quel ponte maledetto, o che fossero tornati indietro. Per il momento erano sole. Sole con due neonati.

Ci siamo fermate con loro in quella casa vuota ancora per tre giorni, finché Mariute si è sentita abbastanza in forze da rimettersi in viaggio. Non era il caso di lasciarle da sole in mezzo alla campagna battuta dalle truppe austriache. In quei tre giorni mi è capitato spesso di tenere in braccio i bambini di Mariute. Erano così piccoli, eppure avevano già il loro carattere. Il maschio mangiava e dormiva, e quando mi si abbandonava in braccio diventava morbido come un lenzuolo nell'acqua. La femmina invece non stava mai ferma, muoveva gambe e braccia a mulinello, e scalpitava perfino nel sonno.

Tu tramontis tu soreli
tu tu cjalis par duc' cuanc'
sestu bon di saludami...

"Arrivederci Mariute, abbi cura dei tuoi bambini," ha detto la nonna al momento di salutarsi. "Vedrai che cresceranno sani e belli, sono nati sotto una stella di fortuna. Sono contenta che sia andato tutto bene. Non avrei mai creduto che le mie mani servissero di nuovo a qualcosa."

"Non so cosa avrei fatto senza di voi, Natalia. Io e i miei bambini ve ne saremo grati in eterno."

Dopo averli visti nascere e averli sentiti strillare e dormire tra le mie braccia, mi piangeva il cuore a separarmi dai gemelli. Li ho baciati con la punta delle dita.

"Spero di rivedervi presto. Buona fortuna!"

"Grazie Jolanda," mi ha detto Mariute. "Gli parlerò di te. Al maschio darò il nome del papà, sperando che torni a casa presto sano e salvo. Ma ho deciso che la bambina si chiamerà come te: Jolanda. È proprio un bel nome, Jolanda."

Fuori fuoco 10
Campagna friulana, ottobre 1917

Una barricata dalle parti di Pozzuolo. Costruita alla bell'e meglio, con l'aiuto di donne, bambini e ragazzi, e rimasta abbandonata dopo il massacro della cavalleria nella battaglia di Pozzuolo e il ritiro dell'esercito italiano. In questa foto nulla è fuori fuoco, ma la vita è fuori campo. Non c'è traccia di essere vivente. Neppure di Giuseppe Fabbro, di anni 8, che camminando tra i resti della barricata dismessa si era chinato a raccogliere un oggetto, sperando che fosse una scatola di cibo. Si trattava invece di una bomba a mano, che esplodendo gli ha provocato gravi ferite in tutto il corpo e la perdita completa dell'occhio destro.

Siamo ripartite a piedi verso Udine.

Per la strada, una desolazione indescrivibile. La folla di gente e di soldati non c'era più. Chi non era riuscito a passare era tornato indietro o era stato fatto prigioniero. In compenso la strada era un cimitero di carri, masserizie e carcasse di animali, mucche e cavalli trascinati nei fossi o lasciati a marcire in mezzo al passaggio. Un inferno silenzioso e raccapricciante. Abbiamo recuperato una carretta da tirare a mano in cui mettere almeno le nostre cose.

Dai paesi venivano i ragazzi a spulciare tra i resti abbandonati, per cercare qualche oggetto utile da riportare a casa. Abbiamo incrociato dei soldati che hanno voluto perquisire i nostri bagagli. Facevano parte dell'esercito nemico, ma non erano tedeschi e nemmeno austriaci, perché parlavano una lingua che non capivo. Credo che fosse slavo. In ogni caso col mio tedesco non sono riuscita a spiegargli che stavamo tornando a casa a mani vuote e che non avevamo niente da requisire. Hanno frugato dappertutto, perfino dentro lo scialle di zia Adele. Per fortuna non hanno guardato sotto il carretto, dove nonna Natalia aveva fissato la scatola dei biscotti Delser con i nostri risparmi.

Ogni volta che vedeva un cavallo morto, Mafalda ripensava alla nostra asina e ripeteva la stessa frase:

"Prima di tutto andiamo a riprendere Modestine, vero?"

Avremmo fatto meglio a tagliare verso nord e tornare subito a casa nostra, a Martignacco. Più stavamo in giro e più ci esponevamo a violenze e perquisizioni. Ma zia Adele ha sostenuto Mafalda:

"Se ritroviamo Modestine potrete rientrare a Martignacco facendo portare a lei il carretto. Io rimarrò a Udine, a casa mia."

Zia Adele dava per scontato che la nonna sarebbe venuta a Martignacco con noi. La nonna non diceva niente.

A Udine era la devastazione.

Case bombardate, negozi saccheggiati, donne e bambini che rovistavano nei mucchi di macerie come ratti affamati. Tedeschi in pattuglia che setacciavano le case in cerca di soldati italiani nascosti. Dappertutto abbandono, violenza, distruzione. Ci guardavamo intorno col magone, senza poter parlare. Non sembrava possibile che fosse la stessa città di quando venivo al mercato, un secolo fa, col suo formicaio di gente, di voci, di entusiasmi per la guerra e per gli eroi.

Per fortuna la casa di zia Adele non era stata presa di mira dai saccheggiatori. Le finestre protette da grate di ferro e il chiavistello nuovo che Sandro aveva messo sulla porta avevano tenuto bene. Sandro. Di nuovo una tenaglia di tristezza mi ha preso la gola, a rivedere l'orto di zia Adele e la rimessa dove aveva dormito. Ho risentito tutta la forza del suo bacio. Chissà se era tra quelli che avevano passato il Tagliamento, o tra quelli fatti prigionieri, o... Ho scosso la testa per cacciare via il pensiero. E il papà? I miei fratelli? Antonio, ferito? L'unica a essere in salvo era la mamma, pensavo, a Firenze, lontana da quel finimondo. Magari don Andrea aveva saputo qualcosa. Avevo una voglia irresistibile di tornare a casa.

Il giorno dopo siamo andate da Giovanni a cercare Modestine. Giovanni non era partito: sua moglie stava sempre molto male e lui non se l'era sentita di farle affrontare un viaggio pericoloso e forse anche inutile. Era contento di vederci. Ci ha dato la notizia che Mafalda sperava di avere:

"La vostra asina? Una bestia bravissima. L'ho tenuta nascosta e non ha mai fiatato. Qualche giorno fa sono passati gli italiani a requisire tutti gli animali che avevamo. Morti di fame. Ci hanno portato via il maiale e anche le galline. Ma l'asina l'avevo messa dietro a un muro di balle di paglia, non so neanche come facesse a respirare, e non ha ragliato né calciato. Capisce tutto, questa bestia. Poi dietro agli italiani sono venuti i tedeschi: ma quelli avevano fretta, si sono presi solo il tempo per strapparci la polenta di bocca. Correvano giù verso Pozzuolo, dove sembra che ci sia stata battaglia per tutto un giorno. Gli italiani hanno mandato la cavalleria a fermarli. Fermarli! Sapete cosa vuol dire? Buttarsi al macello. Si sono ammazzati per ore, da una parte e dall'altra, i valorosi. Ora è tutto finito, siamo tutti prigionieri, anche stando a casa."

È venuto il momento dei saluti. Avevamo passato due mesi insieme a zia Adele, eppure mi sembrava di conoscerla da anni. Erano successe così tante cose in quelle settimane. Come se la nostra vita di prima appartenesse a qualcun altro e noi l'avessimo ascoltata in un racconto. Anche con la nonna avevo questa impressione: mi pareva che facesse parte della nostra famiglia da sempre. Forse perché aveva gli stessi occhi azzurri della mamma, o perché ormai con noi si comportava come se fossimo sempre state nonna e nipoti, colmando con naturalezza tutta una vita di silenzio e lontananza.

"Salutate Adele, ragazze. Ci mettiamo in viaggio subito."

Zia Adele ha cercato i nostri visi con le mani. Le sue mani. Le avevo sulla pelle e già ne sentivo la mancanza.

"Addio, mie care," ci ha detto con la sua voce morbida come i fiori del salice. E io ho pensato che non so come avrei potuto fare a meno anche della sua voce.

"Zia Adele, vieni con noi. Cosa farai qui da sola?"

"Non sono sola. Anche se in molti sono scappati, questo quartiere è ancora pieno di gente. Se vado via io, chi resta a sorvegliare che i tedeschi non facciano disastri?" ha detto. Poi è tornata seria. "Nessuno può prevedere cosa accadrà adesso, ma speriamo per il meglio. Voi ormai conoscete la strada. Quando potrete tornate a trovarmi: sapete che per voi la porta è sempre aperta. Anche senza lasciapassare," ha aggiunto, sorridendo. "E portate con voi Antonia, la prossima volta. La vita è troppo breve per stare tanto lontane quando si è così vicine."

L'abbiamo abbracciata forte. Mafalda tirava su col naso e anch'io avevo voglia di piangere.

Toccava alla nonna salutare zia Adele. Sono rimaste zitte, una di fronte all'altra. Come sempre, avevo l'impressione che zia Adele riuscisse a fissare intensamente qualcuno anche se i suoi occhi non vedevano. Infatti in quel dialogo muto è stata nonna Natalia ad abbassare lo sguardo per prima, e a rompere il silenzio.

"Arrivederci, Adele," ha detto. "Grazie."

Quest'ultima parola è uscita dopo un po'. È rimasta a prendere forma nella gola della nonna come una palla di argilla, ma quando è uscita aveva proprio un bell'aspetto.

La testa di zia Adele tentennava leggermente, inclinata di lato. Ha preso le mani della nonna e le ha detto:

"Non devo insegnarti nulla, Natalia. Credo che tu sappia già cosa bisogna fare. Non dimenticarti la scatola di biscotti che c'è sotto il carretto. Biscotti Delser. I più buoni di tutti."

Mano a mano che ci avvicinavamo a Martignacco la nonna diventava sempre più silenziosa. Non che di solito parlasse molto, ma si capiva che era preoccupata. Era stata messa davanti a una decisione improvvisa, sul pontile di Belvedere: andarsene e perderci per sempre, oppure restare con noi e riallacciare così il filo di un ricamo che le apparteneva. Quello della nostra famiglia. Aveva scelto noi, ma non sapeva cosa aspettarsi. Si era tuffata senza immaginare se sarebbe stata in grado di nuotare.

Anche Mafalda taceva. Toccava Modestine sul collo, sulla criniera, sulle guance, come per assicurarsi che fosse davvero lei. Modestine era dimagrita molto, ma non era debole. Col muso spingeva la mano di Mafalda per cercare continuamente le sue carezze.

Quanto a me, un alveare di pensieri mi affollava la testa. Stavamo tornando a casa, ma niente sarebbe stato come prima. Tornavamo camminando su una terra occupata. Tornavamo con un pezzo di famiglia in più. Tornavamo come una famiglia diversa. La guerra ci aveva dato la caccia, ci aveva succhiato le forze e poi come una bestia immensa era calata su di noi e ci teneva schiacciati sotto il suo puzzo di pelle bruciata e di sangue secco. Ma intanto, correndo dentro e fuori dalle sue unghie, noi eravamo riuscite a trovare la nonna, a tornare a casa, a rimanere vive. Uno sciame di immagini passavano velocissime nella mia memoria, in disordine, come un mucchio di foto lanciate in aria: il mare di Grado, i cavalli stecchiti sul bordo della strada, il fumo nero dopo lo scoppio di Sant'Osvaldo, lo sciroppo di sambuco, gli occhi dei gemellini, le candele nella chiesa di Barbana, la faccia del soldato morto, la faccia del soldato vivo, le urla di Mariute, le labbra di Sandro. Le labbra di Sandro.

Fuori fuoco 11
Veduta aerea di Martignacco, novembre 1917

Foto scattata da un apparecchio austriaco nei giorni immediatamente successivi alla disfatta di Caporetto. Si riconosce la zona di Martignacco, con Villa Linussa già occupata dalle camionette dell'esercito austroungarico. Sul lato sinistro della foto, lungo una strada che attraversa i campi parallela alla strada principale, non immediatamente visibili a causa della distanza e della scarsa definizione dell'immagine, si scorgono quattro piccole macchie, di cui una leggermente più allungata. Se fosse possibile effettuare uno zoom sul dettaglio, risulterebbero essere tre figure umane accompagnate da un asino. Anzi, un'asina.

Modestine ha riconosciuto la strada. Appena siamo arrivate in vista di casa ha affrettato il passo. Io invece ho rallentato: dal camino usciva un filo di fumo. A casa nostra c'era qualcuno! Ho afferrato la mano di Mafalda e ci siamo messe a correre, facendo tutta la strada di volata, senza toccare terra, senza respirare più, senza quasi vedere dove mettevamo i piedi tanto avevamo gli occhi colmi di speranza.

Abbiamo spalancato la porta e ci siamo ghiacciate.

Casa nostra era piena di uomini. Soldati tedeschi.

Uno è scattato in piedi e ci ha puntato contro la pistola. Poi ha visto che eravamo disarmate e ha abbassato la guardia. Ma teneva sempre la pistola in pugno.

"*Wer bist du?*" mi ha chiesto, come se sputasse le parole. Io ero troppo sorpresa e spaventata per rispondere. "*Was hast du da drin? Los, antworte, du Schmutzfink!*"

Quando l'ho visto spingere la canna della pistola contro la sacca sulle spalle di Mafalda, mi sono riscossa di colpo e ho reagito senza nemmeno pensare. Mi sono piazzata in mezzo tra Mafalda e la pistola e ho detto tutto d'un fiato:

"*Sie ist meine kleine Schwester. Das ist unser Haus. Wir wohnen hier.*"

A sentirmi parlare tedesco, il soldato è rimasto interdetto. Un altro, seduto al tavolo, gli ha ordinato di abbassare la pistola, e in quel momento si sono sentiti dei passi scendere di corsa le scale che portavano al piano di sopra. Un rumore di passi che conoscevo benissimo da quando ero nata e che era tanto, troppo tempo che non sentivo più.

"Mamma?"

"La mamma!"

Mafalda le si è gettata in grembo, incurante di soldati e pistole, e la mamma ci ha abbracciate come se ci stesse salvando da un burrone o si stesse aggrappando a noi per non caderci dentro lei stessa.

"Bambine mie, bambine mie, bambine mie..."

Eravamo un gomitolo di braccia, teste, grembiuli e parole. Intrecciate come gambi di cipolle. Appese una all'altra come piante di fagioli. Leggere e dense di gioia come la panna che affiora sul latte appena munto. La mamma era tornata.

Nonostante i soldati in casa, la paura, la stanchezza, il freddo, la fame, mi sembrava che tutto sarebbe andato bene, mi dicevo che era tutto finito, che potevo finalmente rilassarmi.

La mamma invece si è irrigidita di colpo. Ho sentito che sollevava il viso dai miei capelli e guardava qualcosa alle mie spalle. Sulla porta c'era la nonna. Si era fermata come se non osasse entrare.

Il soldato che teneva in mano la pistola l'ha puntata verso di lei, poi verso di noi, poi di nuovo verso di lei. Non capiva bene cosa stesse succedendo. Poi uno degli altri che guardavano la scena gli ha ripetuto di sedersi, prendendolo in giro perché era troppo nervoso, e quello ha imprecato ed è tornato al tavolo a fumare coi compagni. Nessuno ha più badato a noi.

La nonna ha fatto un passo. La mamma è rimasta immobile.

"Ciao, Antonia."

Era un sorriso, quello sulla faccia della nonna? Aveva piuttosto l'aria di essere una smorfia di dolore. La nonna doveva avere male da qualche parte, un posto molto antico, una ferita molto vecchia.

"Mamma..."

Non ero io e non era Mafalda. Era la nostra mamma. Pronunciava quel nome, che sulle sue labbra non avevamo mai sentito, stordita dalla sorpresa. La nonna lottava contro le lacrime che le gonfiavano gli occhi. Ha alzato il mento e le ha cacciate indietro.

"Ci sarebbe da portare l'asina in stalla," ha detto. Non sempre nei momenti importanti si riescono a dire cose importanti.

"Questa è la nostra mamma," ha sentenziato Mafalda. "Se prometti di non buttare più le sue cose giù dalla finestra, credo che ti lascerà abitare con noi."

Fuori fuoco 12
Chiesetta della Pietà, Piazzale Cella, Udine, marzo 1918

La chiesa, ripresa dall'esterno, appare piccola e modesta. Ciò che più colpisce l'occhio è il contrasto delle tre croci che spiccano sul tetto della chiesa contro il bagliore del cielo. Sotto le croci avrebbero dovuto esserci altrettante campane, due grandi e una più piccola. Invece lo spazio è vuoto, occupato solo dalla luce. Come in molte altre chiese, le campane sono state fatte cadere e requisite dall'esercito austriaco, bisognoso di rame. Vicino all'ingresso della chiesa, leggermente fuori fuoco, una donna anziana, con la testa lievemente inclinata, pare sorridere. Nonostante tutto.

Parte quarta

Martignacco, da 1917 a 1918

A me era sembrato tutto finito, quando finalmente siamo tornate a casa e abbiamo ritrovato la mamma, ma in realtà non era così. L'esercito austriaco aveva invaso le nostre case e le nostre terre, e lì sarebbe rimasto a far da padrone per un anno esatto. Nonostante le ricerche di don Andrea, per un anno non abbiamo saputo nulla né di papà né di Antonio. Francesco era stato portato a Vicenza per il periodo di addestramento, e ora sapevamo solo che combatteva sul fronte del fiume Piave, coi battaglioni di quelli che si scannavano per far indietreggiare l'esercito nemico. A giugno venne la notizia che il Piave era talmente pieno di morti che avevano dovuto bombardare i corpi perché l'acqua ricominciasse a scorrere.

Intanto a Martignacco e in tutto il Friuli i soldati tedeschi si erano installati nelle case e governavano la gente a modo loro. A noi tutto sommato era andata abbastanza bene: poco dopo il nostro ritorno, a casa nostra si era stabilito un ufficiale tedesco con i suoi attendenti, approfittando del fatto che io e la mamma sapevamo la lingua e potevamo fargli da interpreti. Non era sgarbato né violento. Era una persona mite, che cercava di mantenere l'ordine tra le sue truppe piene di fame e la popolazione diffidente e impaurita. Quando c'erano le requisizioni, i soldati passavano di casa in casa a prendere quello che potevano mangiare, e guai se qualcuno provava a nascondere il grano o le bestie. Erano così affamati che a volte si mangiavano le galline mezze crude, con ancora le piume attaccate, o arrostivano il maiale subito dopo averlo ammazzato, e lo ingoiavano col grasso e tutto, così che poi gli si gonfiava la pancia e certi quasi morivano. Una volta hanno provato a portarci via Modestine. C'è mancato poco che Mafalda si facesse accoppare: ha tirato una bastonata sulle gambe del soldato, che aveva già afferrato la cavezza di Modestine per trascinarla via. Non credo che gli avesse fatto molto male, ma quello si è inalberato e le ha puntato il fucile addosso. Tra le urla della nonna e i calci di Modestine, per fortuna è intervenuto l'ufficiale che abitava da noi e gli ha detto di lasciar perdere la nostra asina, che era una bestia nervosa e mordeva tutti.

Per fortuna la stagione precedente era stata particolarmente generosa: pioggia di notte e sole di giorno, un'abbondanza mai vista. Una pietà del cielo, con tutte quelle bocche.

Molta gente del paese era riuscita a scappare, prima che arrivassero i tedeschi e prima che facessero saltare i ponti sul Tagliamento. Quando avevano visto partire il Re con tutto il seguito, avevano capito che si metteva male. Dietro al Re, era scappato anche l'Arcivescovo di Udine. Don Andrea invece era rimasto. Aveva detto che la sua missione era di condividere la sorte e le preghiere di chi restava lì, fosse stata un'anima sola.

Tutti quelli che erano scappati, ora si trovavano profughi in qualche parte dell'Italia, e spesso pativano miserie e isolamento, pregando che la guerra finisse per poter rientrare nelle loro case e riunirsi ai loro cari.

E poi, bene o male, quell'anno è passato.

All'inizio di novembre del 1918, l'esercito italiano ha vinto quello austriaco nella battaglia di Vittorio Veneto. La guerra è finita. I soldati tedeschi che occupavano il paese se ne sono andati precipitosamente, portandosi via tutto quello che riuscivano a prendere. Un poco alla volta, sono rientrati i soldati italiani. Non tutti. Qualcuno è rimasto arruolato, qualcuno non è tornato mai più.

Noi siamo state fortunate, abbiamo potuto riabbracciare mio fratello Antonio: prima del disastro della ritirata era stato portato in salvo, a Treviso, dai medici dell'ospedale inglese. Era rimasto per molti mesi senza memoria, ma ora stava meglio. Zoppicava da una gamba, perché l'osso dell'anca non gli si era saldato bene. Diceva di essersi innamorato di un'infermiera inglese, che si chiamava Freya, e che appena fosse guarito completamente sarebbe andato a cercarla e avrebbe fatto il giro del mondo con lei. Il papà invece era stato fatto prigioniero. Lo avevano portato in Austria, in un campo di concentramento con altri italiani, ma una lettera ci annunciava che stava bene e che li avrebbero fatti tornare presto. A giorni si aspettavano notizie anche di Francesco.

Qualche giorno dopo che Antonio è tornato a casa, ci siamo ritrovate in cucina: io, la mamma e la nonna. Era sera. Lavoravamo in silenzio, ascoltando il crepitio della legna sul focolare. Ad un certo punto la nonna ha dato un grande sospiro e ha detto:
"Antonia, tra qualche giorno parto. Ritorno a Grado."
Ho sgranato gli occhi. Nonna Natalia viveva con noi da un anno, e mi ero fatta l'idea che sarebbe rimasta per sempre. La sua vita prima di noi, per me semplicemente non esisteva. Ho guardato la mamma: lei invece non sembrava così sorpresa.
"Ora che la situazione è più stabile, tornerò all'albergo. Non ho molte cose là, ma mi manca l'aria di mare. Ho parlato con don Andrea, e mi ha organizzato la partenza con un gruppo che va in pellegrinaggio, così non dovrò fare il viaggio da sola."
Era la prima volta che la nonna parlava dell'albergo e del mare. Per tutto un anno era vissuta

con noi, come se la vita in un paese di campagna fosse sempre stata la sua. Ci aveva aiutate, ci aveva consolate nei momenti peggiori, con la sua fierezza più di una volta aveva tenuto testa alla prepotenza dei soldati stranieri. In paese avevano imparato ad apprezzarla. Si era addirittura conquistata la stima di Luigi Tonutti, perché aveva aiutato sua figlia Caterina a partorire, dal momento che le levatrici del posto erano andate profughe e all'ultimo momento non se ne trovava un'altra. Caterina era rimasta incinta di un corazziere di Villa Linussa, che però era partito col Re prima che arrivassero i tedeschi. La nonna era ormai parte della nostra famiglia. E ora parlava di andarsene.

"Avete a casa Antonio, adesso, che è un uomo," ha continuato la nonna. "Presto tornerà anche Domenico. Sarete di nuovo tutti insieme. Non c'è più bisogno di me."

Si capiva che la mamma stava pensando. Non voleva trattenerla, ma non voleva neppure lasciarla andare senza più nessun laccio a tenerle insieme.

"Jolanda potrebbe venire con te," ha detto la mamma. "Potrebbe lavorare all'albergo."

"No," ha detto subito la nonna.

Il suo rifiuto mi ha colpito. Era stato così deciso che ci sono rimasta male. Eppure mi era sembrato che la nonna ci tenesse, a me.

"L'albergo è chiuso da troppo tempo. Non so quanto ci vorrà per rimetterlo in funzione. Però."

Ha detto così: "però", lasciando il resto del pensiero tutto sigillato dentro quella parola. Poi si è chinata e ha tirato fuori da sotto la sedia una cosa strana. Una scatola, tutta sporca di terra. Ha pulito il coperchio alla bell'e meglio e l'ho riconosciuta: era la scatola dei biscotti Delser. I risparmi che tenevo lì dentro erano finiti da un pezzo, praticamente già un anno prima. Da allora non avevo più visto la scatola, né mi ero mai chiesta dove fosse finita. Evidentemente aveva passato molti mesi sotto terra.

La nonna ha spinto la scatola verso di me. L'ho aperta.

In cima a tutto c'era la nostra foto di famiglia, quella che avevo portato sempre con me nel nostro viaggio. E sotto la foto... non potevo credere ai miei occhi. Non avevo mai visto tanto oro in vita mia. Oro e gioielli. Una montagna di gioielli. Ho richiuso la scatola e l'ho spinta verso la mamma come se scottasse. Che ci pensasse lei.

La mamma a sua volta ha aperto il coperchio, ha guardato dentro, ha guardato la nonna, ha richiuso il coperchio. E ha alzato il mento verso l'alto, in un gesto che era preciso a quello della nonna quando aveva gli scatti d'orgoglio. Ha spinto di nuovo la scatola, lentamente, verso la nonna.

Questa volta la nonna ha semplicemente messo la scatola di latta in centro alla tavola.

"Ci sono cose che nella vita si imparano e cose che nascono con noi," ha detto. Poi si è pulita le mani sporche di terra sul grembiule, si è alzata in piedi, come qualcuno che sta per concludere un lungo discorso, e ha pronunciato le parole più importanti che potesse dire per me, parole che hanno disegnato il mio destino e che sono rimaste a fuoco nella mia memoria per sempre:

"Jolanda ha le mani giuste. Ma oggi non è più come una volta. Per far nascere i bambini oggi bisogna seguire una scuola di ostetrica e prendere il diploma. La scuola più vicina si trova a Padova. Dura due anni. Se la signorina non ha troppe esigenze, questi le basteranno per pagarsi la scuola e anche un alloggio in città, per tutta la durata dei corsi. E ora buonanotte."

Fuori fuoco 13
Colline di Martignacco, novembre 1918

La foto riprende una scena di gruppo, sembrerebbe all'insaputa dei soggetti, poiché nessuno di loro è veramente in posa. L'unica che guarda verso l'obiettivo è l'asina Modestine, mentre mastica alcuni fili di paglia. Abbracciata al suo collo c'è Mafalda, che le sussurra qualcosa all'orecchio, tenendo altra paglia chiusa nel grembiule. Dietro Mafalda, sua madre Antonia a viso basso cerca ortiche nel prato. Durante i mesi dell'occupazione, l'ufficiale austriaco le ha insegnato a fare la zuppa con le ortiche. Al centro della foto, sedute sull'erba, Ines e Caterina. Il bimbo di Caterina sta dormendo in braccio a Ines, che lo culla. Al loro fianco Antonio, in piedi, si regge su una stampella e racconta qualcosa di cui le due ragazze ridono. Jolanda è sulla destra della foto. È presa di tre quarti, avvitata su se stessa, perché proprio in quell'istante si sta voltando. L'espressione sul suo viso, almeno a giudicare dalla parte che si può vedere, è un misto di gioia, sorpresa e timore. Si sta voltando verso destra. Si sta voltando perché da destra, in distanza, arriva qualcuno, di cui non riusciamo a scorgere i tratti, dal momento che rimane perfettamente fuori fuoco rispetto al resto dell'immagine. Si sta voltando perché da destra, in distanza, quel qualcuno ha gridato: "Pajute!"

Tu tramontis tu soreli
tu tu cjalis par duc' cuanc'
sestu bon di saludami
là ch'al è il mio cjâr amant....

Ringraziamenti

Le storie nascono dalle storie. In quella di Jole si ritrovano, a mosaico, gli echi di tante vite realmente vissute, raccontate dalle voci dei protagonisti, che sono state raccolte grazie all'opera preziosa di Giacomo Viola, Ivano Urli, Lucio Fabi e Enrico Folisi.

Un ringraziamento in particolare al professor Giacomo Viola, per la passione e la cura che da anni dedica alla raccolta di testimonianze e documenti, e per l'attenzione affettuosa con cui ha accolto queste pagine.

Per il suo aiuto fondamentale, per la grazia dei racconti e per la condivisione ricca di stimoli, grazie a Eva Brollo della Biblioteca di Martignacco.

Per la disponibilità e gli utili suggerimenti, un grande grazie a Elena Braida della Biblioteca di San Giovanni al Natisone, e a Luigina Zani, Donatella Righini, Marzia Plaino e Romano Vecchiet della Biblioteca di Udine. E poi alla generosità di Ivana Arena, Stefania Vignoni, Giuliana Musso, Manuela Calandra, Paolo Gaspari e Alessandro Grubissa.

Per il sostegno e le letture, grazie alla mia famiglia vicina e lontana e agli amici Giovanna Pezzetta, Anna Sonvilla, Pia Valentinis, Alessandro Bartoli e Oscar D'Agostino.

Grazie a Beatrice Masini, per lo sguardo lungo che ha offerto a questa storia e per averla portata con sé, oltre le frontiere.

Grazie a Massimiliano Tappari, che mi ha aiutato a mettere a fuoco.

La musica *Tu tramontis* è dei Mitili F.L.K.

Indice

Parte prima
1914, dall'Austria a Martignacco   5

Parte seconda
1917, da Martignacco a Udine   59

Parte terza
1917, da Udine a Grado   123

Parte quarta
Martignacco, da 1917 a 1918   189

Ringraziamenti   203

Finito di stampare
nel mese di febbraio 2019 presso
Grafica Veneta S.p.A.
Via Malcanton, 2 - Trebaseleghe (PD)

Printed in Italy